行方不明のボク

千田かよ子

文芸社

目次

序章　本を出す！

そろそろ人生の終盤を迎え、K子はいよいよ息子Mのことを本にしようと決意した。長いこと秘かに書き留めていた数々の出来事やその時々の思い、書く材料は山ほどある、もう今しかない、そう思えたのだ。

K子は昭和二〇年前後、まだ戦争の爪痕が残る大きな都市の、奥の奥の方の、森や田畑もいっぱいの小さな街で幼少期を過ごした。

怖いもの知らずのお転婆（いまや死語？）で、野山を駆け回って遊び惚けてはいたが、一応お勉強もできたので、兄姉たちに続いて何の迷いもなく当り前のように大学へ行った。そのうち何かよくわからないけど学問に目覚めたらしく、卒業後も勉学に励むつもりでいた……のだが、思いがけず大学紛争、学園封鎖が起きてしまった。

いわゆるノンポリだったK子は、修道院に入ればゴタゴタに煩わされず学問を続けられるか、なんてヨコシマなことが頭をよぎったり……なんかしているうちに、またもや思いがけずの大恋愛！　学問は紛争が落ち着いたらやればいいか、で結婚。この私が、ウソでしょ?!　実感のないままふわふわとK子の人生は進んでいき、やがて出産。

ところが、天使のような美形に生まれた我が子が、とんでもなく普通じゃないことにだんだん気が付く……信仰心もないのに修道院なんて思ったからバチが当たったのか、最大級の〝思いがけず〟に直撃されてしまったのだ。

我が子の可愛さ、愛おしさは半端ない！　K子は家計簿のメモ欄にちょっとした下手なイラスト付きで成長の楽しみをこまごまと綴っていた。でもフツーじゃなさも半端ない！　母としての使命感みたいなものか、ストレス発散でもあったたか、不可解な行動も克明に書き留めておく。そうして家計簿のメモ欄では収まり切れない何年間もの走り書きやらなぐり書き風情の紙の束が、秘密の引き出しにあてもなく放り込まれていった。

のちにパソコンを使うようになると、フツーじゃなさに対峙する現在進行形の話と同時進行で、溜まり続けた膨大な紙の「記録と記憶の玉手箱」をエイヤッと開け、ワードに打ち込み、ＵＳＢというちっちゃなＩＴ玉手箱に封じ込めた。これで一安心だ、せめて自分が死んだあと誰か一人でもこの記録を目にして、世の中にはこんな人間もいるのだ、こんな家族もあるのだ、と思っていただけたらそれでいいかな……。

K子は大人になったMに、「アンタのこと本にしちゃおうかなぁ」とほのめかしてみた。「やめてよぉ～！」即答だ。暴力を振るったり、通報されて捕まったりしたことを知られたくない、なんていう人並みの心情を持ち合わせているのか。

思えばK子の人生は、「何で我が子がそんなことを?!」と驚き混乱させられる出来事の連続だった。知っている人にも行きずりの人にも、多くの個人や企業やその他もろもろの方々に、多大なご迷惑をお掛けしてきた。渦中にあっては心痛のあまりきちんと謝罪もできず、何年経っても胸に棘が刺さったままのこともある、思い出すほどにパソコンのキーを打つ手が止まる日もあった。そうこうしているうちに何十年も経ってしまっていた。

そんな黒歴史だらけの人生だ、いざ世に出すとなると、さすがにK子にも正直迷いが生じる。当然ながら、「障害があるけど親子で頑張った！　この子がいて幸せだった!!」なんていう感動話になるはずもない。最後はもう気合だ、えいやっ！「フツーの枠をはみ出た我が子とのフツーじゃない生活、でもこれが我が家のフツーです、ご迷惑をお掛けした皆さま、お許しください！」、玉手箱から立ち上る煙にムセながら、K子はひたすら文章を紡ぎ出すのだった。

第一章　不思議の国からきたM

はじまりの違和感

分娩室で初めての出産に戸惑うK子には、医師や看護師の掛け声を聞いている余裕はほとんどなかった。予想外に手間取ったらしく、鈍った脳ミソにもさすがに周囲の焦りが感じられ始めたころ、下半身が急にセミの抜け殻のようになった、と同時に〝ふがぁぁぁ〟としぼみ切ったかすかな声？　力強い〝おぎゃあああ～～!!〟が続くかと思ったがそれはなかった、生まれたんじゃなかったのか？

体が少しラクになって薄目を開けると、医師が「ん？　あれっ？」とか言いながら出てきたばかりのか細い両足を片手で持ち上げ、背中らしい所をトントン叩いている。なにしてるんだろう？　これが普通なのか異常なのかK子にはわからない、が、〝んがぁぁ～〟、やっとさっきよりも少し強い声が室内に響いた。「よかったよかった、男の子ですよ」、ああこれが出産か、K子は何となく安堵はした、でもドラマなどでよく見る感動のシーンとはちょっと違うような……。

だいぶ経ってから何気なく母子手帳を見ると、〝へその緒が2回半絡む〟という文字、これは何？　K子は出産の知識などまるでないし、退院時にもその後の乳児健診時にも特に問題を指摘されてはいない。身体的にはすくすくと育っているようなので、たいして気に留めることもなくそのうち忘れてしまっていた。だがこの出産時の微妙な違和感は、のちに常態化してK子の人生にじわじわと絡み続けることになってゆく。

普通と違う？

この子って、見れば見るほど西洋絵画の天使だ！　親バカな二人はかなり浮かれた、小さな白い丸の中に形良く整ったそれぞれの部分がバランスよく配置されている。さあ名前をどうしよう、どう冷静に見たって、よくある名前はこの顔に似合わなすぎる、で夫は漢字の辞書、K子は英語の辞書を端から端まで眺め、知恵と知識をかき集め、ついにMと名付けた。50年も前、まさに超難読キラキラネームの先端を走ったのだ、ほんと、バカバカしい親だった。

ある時、夫の友人がお祝いに訪れた。まだ独身のせいか、おぼつかない手で抱きながらあやしているうちに「おいおい、この子なんかムズカシイ顔してるぞ、まるで考えごとしてるみたいだぜ、赤ん坊っていうより哲学者みたいだなキミは」、その場にいたみんなが単純にアハハと笑った。

言われてみればMはフツーの赤ちゃんのようにキャッキャとは笑わない、ウワァ〜〜と全身で何かを訴えるような泣き方もしない。たまに片方の口角を上げてニヤッとニヒルな大人顔(?!)を向ける、時にはミケンにシワ寄せて批評家じみたクールな(?!)視線を放つ。

当時は思いもよらなかったが、Mはこの世にスルリとは出られなかった、自力で必死でもがいた、脳内には息苦しさ、混乱、恐怖が記憶された、だから新しい世界に無条件に身をゆだねることもせず、ガードを固くしていた、に違いないのだ、きっと。

だからなのか、Mには成長するにつれ、えっ?! と思わされることがよくあった。ちょうど1歳のころ、近所の広い空地の芝生に座らせて写真なんか撮っていると、いきなりスックと立ちあがってスタ、スタスタスタッと歩き出したのだ。えっ、なに?! 両手を肩のあたりに挙げてバランスを取るような恰好はまさに幼児だが、この子確かに一人で歩いてる！　家の中でたまに伝い歩きはしていたが、ここには掴まるものは何もない、なのに自分で納得してちゃんと歩けていますという風情だ。あっけに取られてポカ〜ンと見ている親なんかまるで無視、未知の世界を探索するように歩き回っている、そのうちもう一人でどこまでも行けますとばかり、親の視界からどんどん遠ざかっていく……赤ちゃんて普通は親に支えられ、ヨタヨタ2、3歩進んではドテッと尻餅をつく、の繰り返しじゃないの？　不思議な子だ、この子にはプロセスというものがない⁈

不思議は遺伝か？

それにしてもMはちゃんと寝ない子だ、赤ん坊を寝かせるのってこんなに大変なのか。やっと寝たかと思ってベッドにそ〜っと移した途端パッチリ目を開ける。〃いまボクをだまそうとしたでしょ〃そう言わんばかりのニヒルな視線を向ける、K子は戸惑う。

そうだ、お母さんなら子守唄か。うっ、待て、我が人生に結婚など想定もしていなかった、それが母になったからって急に当たり前のように子守唄など歌ってる姿、我ながらしっくりこない、慈愛に満ちた母を演じるなんてこそばゆい、こっぱずかしい。クールに醒めてしまうK子、親がクールなら子もクール、脳内完璧クール、寝ないわけだ。

それにしても何と綺麗な天使顔、でも寝かせる時は悪魔っぽい。そうなると慈母とは程遠いヤケクソ母のK子、ますます子守唄も童謡もまともに歌う気がしない、〝ウサギ美《お》～味《い》し　カメはまずい～～♪〟なんてヒネリまくって歌う。「うん、母になったってワタシはこうよ、正統か異端かなんて赤ん坊のこの子にはわからないんだからこれでいいのよ」、ワケわかんない理屈つけて寝る気配のない子にワケわかんない歌を吹き込むK子だった。

そうだ、3大子守唄といえばモーツアルト、シューベルト、それにブラームスだっけ？　自分ならどれがいいかな。〝ね～むれ、ね～むれ♬〟、これモーツアルトだったかな？　何か強迫的だ、日本語の訳のせいか？　メロディーも高低行ったり来たりで調子よすぎだ、頭が冴えちゃって子守唄としてはどうなのか？　次は〝ねむれ良い子よ～～庭や牧場に～～♪〟、これはシューベルトか？　ゆるやかな3拍子は脳に心地よい、狙い通りだ、ワタシがだんだん眠くなる……おっと、親が先に眠ってしまったら子守唄としては正統と言えないか。最後は〝月の光に花も草も～〟、これはブラームスに間違いない、一番好きだったかしら。ともかくいきなり「ねむれ！」じゃないのがいいな。本場の歌詞はどうなっているか知らないけど、何といっても訳語が素敵だ、メロディーもただゆるやかなだけでなくどこか壮大さもあり、幼子の眠りを誘うだけじゃなくて歌う親の心にも響いてくる……なかなか寝ない子そっちのけで子守唄を論じているK子もかなりヘンな親だろうな、ヘンなのは遺伝なのか？

不思議が増殖する

K子だって穏やかな時はまともに童謡をうたって聞かせる。2歳になる前には、ちょうちょ、チューリップなど2〜3回で覚え、気に入ったフレーズを何度も繰り返す。赤ちゃんてこんなふうに覚えるんだ！　K子は面白くなって童謡と名のつくものを片っ端から思い出しては歌いまくる。月夜には〝うさぎうさぎ　なにみて跳ねる〟だね。ある時、Mが月を指さして〝ウ〜サギウサギィ〟なんて言っている、意味わかってるのかな?!

お猿のかご屋、これはちょっと不思議だった。〝え〜っさ　え〜っさ　えっさほいさっさ♪〟と始めるとなぜか不快そうに顔をしかめる、歌い続けていると口が無限大の形「∞」になってベソかき顔に、やがて涙まで出して本泣きになる、他に泣く理由も思い当たらない。K子はこの歌が原因か確信を得たくなり、時々試してみる、が、いつも同じ反応だ。我が子相手に泣くかどうか実験するなんてヘンな母だ、「おお可哀そうに、ゴメンね、もーうたわないよ」、これがフツーでしょうが。

やさしい童謡はすぐ覚える、歌う方も飽きてくる、じゃあこれでどうだ、どんどん大人の歌へとエスカレートする。なんか我が子のためというより自分が勝手に歌いたいからだったたか？　椰子の実、この道、春には〝は～るの　うらぁらぁの〟すると〝ウラーラーノー〟、クリスマスには〝き～ぃよし、こ～のよる〟、じゃあ次は英語だぞ、すぐ〝サーァレンナーイ〟と返ってくる。でも大人の歌はさすがに長いし難易度高いし、興味ないいんじゃないか、そろそろやめとくか……。

育児にくたびれてくるとK子がヤケクソで歌うのは戦前戦後の懐メロだ。当時はまだ子供だったくせに、我ながらよくいろいろ覚えたものだ。後年、2歳上の姉が驚く「アンタまだ小さかったのに何でそんなに大人の歌覚えているの！」。

そんなわけで、赤ん坊にふさわしいかどうか、我が子が好むかどうかなんて関係ないワガママ母K子は、調子づいて狭いアパートの狭い台所に立ってデカい声を張り上げる。するとある日突然足元から〝ハーレタソラー♪　ソーヨグカゼー♪〟、えっ、えっ？　なにいまの⁈　最後のほう〝～～～ノーゾミーハッテンナニー　ハールカァシオジー♪〟、ちょっと違うところもあるけど、意味わかってないから無理もない、再度はじまるハーレタソラー、うっ、まさか、いや間違いなくあの「憧れのハワイ航路」だ。声こそ幼児そのものだが、メロディーは正確、歌詞もはっきり大人音、あぁまた突然だ、この子にはプロセスってものがない⁈

K子は出産育児で仕事を中断していたが、ちょっとしたアルバイトでよく座卓に書類を広げていた。ある時Mが興味を持ったのか紙を指でトントンするので、「これは文字です、あいうえおかきくけこ」と紙に書いて渡して仕事に専念、するとまたすぐ指でトントンしながら「ジジ、ジジ」と言ってくる。催促しているようなので2～3回繰り返していると「アイウエオカキクケコー」、えっ、もう覚えたの⁈　すごいな。そのうちK子のヒネリ心が出てきて「色は匂えど散りぬるを～我が世誰そ常ならむ～～」なんて調子づいてイロハを昔の人風に吟じてみせる。これでどうだ、でもすぐに「イロワニオエドチリヌルヲ～～」音も高低もそっくり真似して嬉しそうに部屋を歩き回る、参ったな～。

座卓には英文の書類も散らばっていて、Mが興味深そうにじっと見ている。「アンタ日本語との違いが判るの？　これはアルファベットだよ〜わっかるかな〜」なんてちゃかしながら、きらきら星のメロディーで〝A・B・C・D・E・F・G〜♪〟、まさかと思ったらすぐに〝エイビーシーディーイーエフジ〜♪〟、これまた正確だ、ホント、アンタにはプロセスってものがないのか？

ずっと勉学に励んでいて世間話的なことに疎かったK子は、育児に関してもまるで疎かった、そうした行動が普通なのか異常なのかよく判らない。驚いたり喜んだり、天才?!違う、むしろ異常ではないか？

そういえばMはいわゆる幼児語を発しない。そもそもK子がご飯をマンマとか、靴をクックとか、〇〇でちゅねとか、小さい子へのそうした常識的（？）な言い方が苦手で、だいたいは普通の発音で語りかけることが多い、だからMが難しくて言えないのか、だったらハレタソラもイロワニオエドもあんなに正確に言えるはずがない。覚えるのも早いから記憶力の問題ではなさそうだ。

声帯はどうなのか？　意味不明ではあるがいつも独特の音声を発している、異常なさそうだ。ただ顔も言葉も人には向けられない、大きくなるにつれても人と会話する気配がない。夫いわく「コイツは空気に向かってしゃべっている」、父親がそんな言い方するか！

一瞬呆れる、が、妙に言えてる、敵ながら脱帽だ。

こうして小さな不安の正体はそのころはまだ定かでなく、一応ありふれた親子のつもりで過ごしていたのだった。

第二章　不思議の正体を知る

天使ときどき悪魔

ひたすら可愛い！　親はそれしか眼中になかった。当時は男の子の服はブルー系がお約束の時代、でも色白な天使の顔には赤系の服もピタッと決まってしまうほどだ。ベビーカーに乗せて街を行けば、しばしば可愛い！　とささやかれる。女子高生たちは遠慮も何もない、「ねえねえちょっとあの子見て、すっごいよ！」「ホントだぁ、かっわい〜い!!」なんて言ってバタバタと近づいてくる。

でも1歳を過ぎるころから、Mはあやされてもあまり幼児らしい反応を示さないことをK子は何となく気付き始めていた。普通の人見知りとは違う、笑いもしない泣きもしない、クールにそっぽ向いてる。だから可愛いと言われれば嬉しいし誇らしくもあるのだが、赤ちゃんらしくないことに違和感を持たれたり、そのことに対応するのもちょっと気疲れする。「きょうは機嫌が悪くて」、とかテキトーにごまかして早々に立ち去るようになっていった。

やがてだんだんと天使が悪魔に変身する場面が訪れるようになる。一緒に外出した際、ちょっとつないだ手を離せばすぐどこかにすっ飛んで行ってしまう。ヨチヨチ歩き時代がほとんどなかったから、スピードは親とあまり変わらない、違いは歩幅がまだ小さいことだけだ。「ええっ？　どこいくのよ？」、K子が焦って追いかけると、急にピタリと止まったりする、でも幼児にとって面白そうなものは見当たらない。「何なのよ！」少々イラつきながらK子はMの手をグイと握り、もう離さないぞとばかり自分都合で進む、MはキーィとI叫んで抵抗する、K子は引っ張る、キーィ、キーィ、Mは人間らしからぬ叫び声をあげてしゃがみ込む、よくあるダダをこねる幼児の姿とは様相が違う。普通は泣きながらもうまくしゃべれない幼児語を駆使して親に訴えかける、すがりつく。Mは焦点の定まらない空間に向かって猿のようにキーキー叫ぶだけ、すれ違う人から不審そうな視線を向けられるのもしょっちゅうだ。この独特のキーキー声はずっとK子を悩ませ続ける。

公園で遊ばせていてもどこか他の子たちと違う、友達を求めない。周囲に目を向けることなくいつも一人で何かしている。でも口角上げてニンマリとした笑い、楽しそうだ、だから人見知りと違うのは、うすうすK子にも判っている。

ある時近所の公園で、グループで遊んでいる親子にスタスタ近づく、ん？ 一緒に遊びたい心が芽生えたのか？ 違う、期待はすぐ裏切られた。他の子が持っているオモチャをいきなり掴んで指でトントンする、これはMのクセで、何でも珍しいと思ったものは感触を確かめるようにトントン叩く。でもそんなの周囲の親子にとっては関係ない、みんなあっけにとられ、あきらかに非難の目を向ける。K子はすっ飛んで行ってMからオモチャを取り上げてその子に渡して謝り、周囲にもペコペコひたすら謝り、キーキー叫んで抵抗するMを引っ張ってその場を逃げ去る。

そんなことが繰り返されてK子の心はすっかり委縮してしまい、近所の公園には連れて行けなくなった。ひたすら家の周辺を所在なく歩き回るか、たまにちょっと離れた神社とかお寺とか、行く場所は限られた。

お互い穏やかな時など、顔をつくづく覗き込めばやたら可愛い、幼児ながら何てよく整っているの、なのにどうしてワケわからない行動ばっかりするの、K子にはこの美しさがかえって切なく、時に恨めしくもあった。

夫は当時の父親の常としてあまり育児に積極的ではない。それでもたまにはMに関わることがある、でもだいたいは翻弄される。「コイツの顔がこんなに可愛くなかったらオレ虐待してるだろうな」。K子自身も少々ヘンだけど、真面目一筋でもあったから、そんな不穏当なことをサラッと言い放つ夫を一瞬軽蔑した。〝ロクに育児もしないくせになによ、24時間365日この子に密着しているワタシはもっと大変なのよ！〟と叫びたくなる。でもMの悪魔ぶりは時にただ事ではない。K子も夫の本音が自分にも無縁ではないことを自覚させられる、共犯者がいるようで少しホッとする、不謹慎極まりないが。

幼児検診等でMの心配事を伝えると、もっと父親に育児に参加してもらいなさいと判で押したように言われる。でも期待して裏切られるとかえってストレスになる、頼れないのはシャクだが、心の健康を保つためにも〝あなた稼ぐ人、わたし育てる人〟に徹しよう、寂しさも孤独感もあまり感じない性格のK子にはその方がラクだった。夫婦とも少々ヘンなんだから、ウチはこれでいいのよ、だ。

Mはもしかして？

世間に疎いK子も、さすがにMが2歳半になるころには胸にうずうずしてくる違和感や困惑が徐々に確信に変わっていった。Mはもしかして〝自閉症〟じゃないか？　どこかでそう思いながら、本当にそうだったらどうしようと怖くなって目をそらしたり、早く対応しなければと焦ったり、振り子の振れ幅は日に日に大きくなってゆく、どうしよう……。

何かの助けにならないか、そう思ってふと毎日せっせと付けていた家計簿の日記欄を見てみる。まだ生後9か月のころ、「離乳食を食べさせようと嫌がるのに無理強いしてイライラ、Mはとうとう泣きながら寝入ってしまった、この子の将来にはいろいろつらいことが待っているようで可哀そうになってしまった」と書いている。その通りになりそうでK子は恐ろしさにおののいた。そして1歳過ぎて間もなくの欄には、すでに自閉症を心配する記述が！　自分でも書いたことを忘れていたので驚いた。でも後はほとんど、あんなことができた、こんなことをしてあげた等々、ちょこっとしたイラスト付きで可愛く成長する日々を何事も逃すまいと細かい文字で記している……初々しい新米ママの嬉しさ、必死さが、余計切ない。

昭和50年前後といえば、自閉症は専門家の間でもまだあまり知られていなかったころだ。でもそれよりさらに10年以上前のこと、教師をしていたK子の姉が産後早くから子供を保育園に預けて職場復帰するか迷っていた。そんな時母が、「この前新聞で読んだのだけど、最近アメリカで自閉症という子供の心の病気があると言われているらしいよ、できれば3歳ぐらいまでは母親が手元で育てた方がいいと思うけど」、そんなことを姉に言っているのを、まだ大学生だったK子はそばで聞くともなく耳に入れていた。だから幸いというべきなのか、自閉症のことはMが生まれるずっと前から、結婚すら眼中になかったころから、知っていたのだ。

間違っていてほしい、でも確かめなくては……。やっと一大決心し、どこに行くのか不審そうなMの手を引き、K子は電車に乗って大きな本屋へ向かった。どこかで真実を知りたくないという思いもあって、足取りは重い。それでもどうにかそれらしい専門書が並ぶコーナーの前にたどり着く、ずらりと並んだ本の背表紙に視線を走らせて自閉症の文字を捜す、頭の隅っこでそんなものなければと思ったりしている、現実にしたくない、先送りしたい……あちこち動きたいMはぐずる、やっと一番下の段に目指す文字を発見、それも1冊だけだ。下段なのでしゃがんで本を膝に乗せられる、これはありがたい、ここで迷子になられたら困る、Mのちっちゃくて柔らかい手首をぎゅうっと掴みながら、片手でページを必死でめくる。

まず〝自閉症とは〟で始まる、前置きはいいからパス、次、〝自閉症の特徴について〟、ここだ。一つのことにこだわる、いつもと違うことに激しく抵抗する、抱いてもものけぞって嫌がる、呼んでも振り向かない、○○だ、××だ、もう充分だ！ すべて当てはまる、疑う余地もない、何もかも完璧だ、こんな分厚い専門書の隅々まで読むまでもない、ほんの数ページでかすかな望みはあっけなく消え去る、あぁやっぱりそうだった……。

どこをどうやって帰ったのか、気が付けば二人は家の中にいた。ともかくMを迷子にすることはなかったようだ。頭が真っ白とはこのことか、でも本当に白かったのだ。多分驚愕や恐怖によって脳内の血流がとどこおり、眼内にも血液が充分回らなくなって物を見る機能が不全に陥り、色彩も失われるのではないか……この期に及んでK子はまた自分の脳内を俯瞰し分析する、シロートのくせしてそんなことはどうでもいい、それよりこれからどうするのだお前は、現実に戻れ！

夫にどう伝えようか、あの人のことだ、何か違う見方をするかもしれない。天使の顔を見ていれば先ほどの確信にうっかり迷いが忍び込む、藁にもすがりたくなる、脳内には暗雲がぐるぐる回りだす、白はたちまち黒になる、あぁ……。

帰宅した夫に事の次第を極力冷静に伝える、「そうか、じゃあ親子で死ぬしかないな」、こっちは心臓が震えるような思いで伝えているのに、そんなにあっさり言うか?! 江戸っ子はすぐこうだよ、人の話を一から十まで聞くことがない、三ぐらいでもう着物の裾まくり上げてアラヨッと駆け出す、思考のプロセスってものがないのか、この人は！　ん？　プロセスがない？　それはまさにMじゃないか、遺伝なのか？　自閉症じゃないのか？　んなわけないか、なにバカなこと考えてるんだ、アレとコレは別物、くだらないワラなんかにすがってる場合か。K子は夫にも自分にも呆れながら幾分可笑しくもなって力が抜けた、白黒台風もちょっと脇にそれたか。

つかの間とはいえ正気に戻ったK子は、ふと何かの手掛かりにならないかと母子手帳を取り出した、そこにはあの時気にも留めなかった文字〝へその緒2回半〟、ああこれか、誰も指摘してくれなかったけれど、これこそがMに〝不思議な子〟という烙印を押す悪魔の国の文字に違いない、多分……。

どうなるM　どうするK子

多くの、特に昭和の人にとっては、結婚が第二の人生というのはごく当たり前のことだったであろう。K子にとってはどうだったか。兄姉たちが結婚して次々と実家を出ていくのを末っ子として見送ってきたが、それはまるで自分とは別世界のことだった。結婚なんてする気ない、という積極的な否定論とかではなく、ただ単に自分の人生に結婚という選択肢を組み込むという発想がなかっただけだった。

そんな色気も素っ気もないK子が、ある時突然、大恋愛をしてしまったのだ。生まれも育ちも性格も、何もかもがお互いに違いすぎたのが新鮮だったのか、自分でも訳が判らないまま、心に湧いてくる〝正体不明の魔物?!〟に戸惑い、時に心震え、ああこれが一生に一度の奇跡の恋か、なんてその時は思ってしまった、その流れのまま結婚という想定外の道に踏み出していたのだった。

ただ思い返せば、この人とずっと一緒にいたいとは願ったが、これからが私の第二の人生、というような感覚ではなかったような……。確かに生活の形態は大きく変わるが、それは今までの自分の延長線上の変化であり、自分のままであり続けることに何の疑いも持っていなかった。そのせいか苗字を変えることにもかえって何の抵抗感もなかった、どっちにしたって自分を捨ててるわけじゃない、というヘンな確信か。

ところが自閉症という〝新たな魔物〟がじわじわK子の中に侵入してきた。これはどういうことなのか、どう対峙してゆけばいいのか、自分が変わるのか？ 変えなくてはいけないのか？？　自分を捨てることなのか？？？　お前は大恋愛でも結婚でも自分は自分のままだと疑いもなく思っていたではないか、どうする、K子。

あれこれ考えていてもしょうがない、どこかへ相談に行こう。これまでも幼児健診とか小児科病院などで行動的な心配を伝えてきたが、「こんなニコニコと可愛くて、お母さん、気にしすぎですよ」、可愛さに引っ張られて判断されているのか、だいたいこんなふうに言われる。かと思えば、健診で紹介された小児精神科に行ったら、即「これは子供の精神病です、お薬出しましょう」、で飲ませたら一日中トロンとしている。親はラクにはなるけどMは別人になったようで怖い。たまたま熱を出して近所の小児科にかかって薬のことを話したら、「こんな小さい子に精神科の薬を処方するなんてとんでもない、どこの医者だ！」、いつもは穏やかなおじいちゃん先生が真顔で怒るのを聞いたら決心がついた、ともかくその薬はやめよう。

こんな風に何も確実なことが判らないまま、K子は翻弄されていった。

人生初の賭けはM

ある時、よく散歩に行く近くの広い畑の向こうに、いつの間にか新しい建物が完成していた。通りがかりに何気なく見ると、『幼児療育相談室』という看板がかかっている、それも公立みたいだ。ちゃんとした安心できるところに違いない、しかもいつもの散歩コースの範囲内だ、迷わず飛び込んでMの状況を説明、すぐに通うことが決まった。

そこには似たよう親子が通って来ていて、5人ぐらいのグループになって〝療育〟といわれるものが始まった。みんな不思議な我が子に戸惑って通ってくる。K子は自分の母親が井戸端会議的なものが好きではなかったせいか、いわゆる日常会話とか近所付合いのようなものが苦手だったが、ここでは無理しなくてもみんな共通の問題を抱えているので、自然に会話がどんどん膨らんでいく。別室で子供の療育を待つ間に、お互い我が子のエピソードを披露、「そうそうウチも！」「ウチはこうなのよ」、などと笑ったり時に涙したり。K子は本当に久しぶりに心が解放され、何だか他人の会話のシャワーを浴びるのを心地よくさえ感じるようになっていった。

ある時あるお母さんがこんなことを言った。「将来この子の面倒を見てもらうために、お兄ちゃんもいるけどこれからもまだまだ産むつもり」、クラッときた、カルチャーショックだった。自分はどうか、もし後から産まれた子が健常だったら、その子がかわいくてMを疎ましく思うかもしれない、そうなる自分が許せない、Mが可哀そうだ。だから子供はこの子一人だけと決めていた、それが母親として正統だとさえ思って揺るぎがなかった。でもこのお母さんはまるで真逆だ。ニコニコと自信に満ちて自分の思いを披歴するその表情は、何ともいえず慈母の輝きすら放っている、ようだ、ちょっと圧倒された。他のお母さん方も「今はこの子で手いっぱいだから次なんて考えられないわ、えらいわねぇ」と皆で称賛モードだ。

うっ、でも待てよ、最初からそんな義務を背負わせて子供を産むなんて親のエゴではないのか、その子の人格人権はどうなるのだ？　そうした批判的な見方が脳内を巡るのはK子の常だった。そんな風に考え方や価値観の違いを感じたら、この輪には入れないと自分で壁を作ったり離れたりして、精神的な安全圏で過ごすことを選んできた。

ここに来るお母さんたちの状況はそれこそ様々で、共通点は障害児を育てているということだけだ。でも、というか、だからというか、みんな上手に緩やかになごみ合っている、これが〝おとな〟というものか。考え方や感じ方は人さまざまだ、何が正解かなんて簡単には決められない、決める必要すらないことだってある、自分は今までカチカチに堅いカラをまとった取っ付きにくい人間だった、のだろうな、きっと。

確かにK子は年頃になるにつれて、他人に煩わされることなく一人でいるのをむしろ快適と思うようになっていた。映画も美術館も、旅行さえも一人で行くことが多かった。昭和40年ころといえば若い女性の一人旅はまだ珍しく、父は強引に止めることはしなかったものの、それとなくやめてほしい気持ちは伝わってきた。それが男の本性を知る立場からの心配であることを、生意気なくせに世間知らずな当時のK子はまるで判っていなかった。いっぽう母は、末娘が自分の相似形のように自立度高く成長したのが嬉しかったのか、最低限度の注意だけで、いつも機嫌よく送り出してくれていた。

そんなK子だから、知り合ったころの夫にこう言わしめた、「アンタの辞書には寂しいという言葉がない」。あ、その通りだ、反論の余地なくアハハと笑い、彼独特のシニカルで意表を突く表現にむしろ好感度は上がった。だが息子が育つにつれ、扱いにくいこともあってか、あまり育児に参加しない夫に、K子の方が壁を感じたり、さらに息子の奇行に対する他人の視線も気になって、周囲にも若い時以上に固いガードを築いていたのだろう。でもここの母親仲間とはいろいろさらけ出すことに抵抗感がない、ああ呼吸がラクだ、もっとゆるくいこう、オトナになろう、人と交ざり合おう、K子は自分のそんな変わりようにふと気づいては驚くのだった。

その相談室でのそんな穏やかな気分が続いたある日、所長さんとの面談があった。「お父さんはどういうお仕事されているの？」「父の職業は○○で、どうでこうで……」「？……」所長さんしばし沈黙、「？……」K子も沈黙、「いや、あなたのお父上のことではなくて、Mクンの父親、つまりあなたの旦那さんのことですよ」、ウッヮ！　何たるカン違い!!　吹き出す寸前だが笑う場面ではない、恥ずかしくもある、必死でこらえるK子、まあ育児における夫の存在はそれほど薄かったということか。他の親はこんなトンチンカンな返事はしないに決まってる、それが所長さんの「？……」か、家に帰って思い出してはアハハ、アハハと一人笑い、久し振りに豪快に笑い尽くした。とはいえこれはその後の家族のねじれた人生の予告編でもあったか。

ともかく自閉症という魔物を見据えたあの日から、１８０度、いや暗雲に乗ったまま３６０度、何かがグラグラッと変わったことをK子は悟った。自閉症が少しずつ世間に取り沙汰されるようになると、自閉症は○○を食べれば治る、××は脳によくないからやめなさい、あの先生に診てもらえばよくなる、などなどがまことしやかに流布された。でも何かとハテナと疑ってかかるヒネクレ者のK子は、そういうたぐいのことに素直に従うことはなかった。専門書などあの時膝にのせてめくった数ページだけで充分だ、何冊読んだって、有名な先生を何人訪ね歩いたって、自閉症は治らない！

K子の辞書から〝喜び〟という言葉が消えた。喜びと楽しみは違う。楽しいことは自分で求めればすぐ手に入る、味わえる、快楽の文字が示すごときだ、でも消えるのも速い、だから人は写真に収めて残そうとしたりもする。一方喜びは気が付かないうちに与えられる、ズシンと降りてきて脳に留まり続ける。ウハウハウキウキとジワジワシミジミの違いだ、〝求めよ、さらば与えられん〟は決して即時的即物的ではなく奥深いのだ。

Mは多分フツーに成長することはないだろう、フツーの生活を送ることも難しいだろう、だからといってそのことが悲しいとか悔しいとかドン底に突き落とされたとか、よく言われるような単純に負にまみれただけの心持ちとは違う。フツーじゃないらしいK子にはフツーの辞書に載っている言葉はどれもしっくりこない。かつてアンタの辞書には〝寂しい〟がないという名言（?!）を吐いた夫は、いまのK子の心境をピタッと言い当てることができるのか、多分何もわかっちゃいないだろう。夫が何だ、仕事が何だ、周囲がどうした、自分の生活の景色が一変したからって自分を捨てるわけじゃない、自分の芯まで揺らぐことはない、俯瞰だ、観察だ、分析だ！

心が定まると言葉が自然に降りてくる、〝私はこの子一人に一生を賭ける〟。K子はその時初めて〝第二の人生〟という世間並の言葉を自分事として実感したのだった。

第三章　未踏の領域に挑む

同じことの繰り返し

オモチャで遊び始めたころ、お気に入りは積木、といっても中が空洞の軟質プラスチック製で、軽いから落としてもぶつけても害がない。なかでも一辺5センチ位の四角いピースだけを何個も上へ上へと積んで細い柱状にしていくのがMの定番のやり方だ。それは大人でも結構難しい作業だが、Mは何の迷いもなく、まるで無意識の動作のように5個10個とスタスタ、どうやら色の順番もまったく同じに積み上げていく。そのうち限界が来て崩れ落ちるとキーキー叫ぶ、またやり直す。でも自分なりに満足できる高さがあるのか、あるところまでくると止める、しばし確認？　納得した？　例の片方の口角を上げてちょっとニヒルな薄ら笑い、で、次の瞬間バサッと倒す、また積み上げる。

とにかく毎日毎日何回となく同じことの繰り返しだ、飽きるということがないのか、これもこだわりの一種なのか。これじゃまずい、もっと世界を拡げなきゃと他の遊びに誘導してみる、が、〝フン、何それ〟って感じでいつもクールに無視されて終わりだ。

あ、そうか、K子は思い出した。Mは産道を出る時へその緒が絡んでいたのだ、だから、脳が酸欠状態になり、息ができなくてすごく苦しかった、必死に自力でもがきながらやっとこの世に出てきたのだ。だから、Mの脳は生まれながらに孤独が支配している、頼るのは自分だけ、それがかつて夫の友人に言わしめた「赤ん坊のくせに難しい顔している」なのだ。だから、周囲の世界へ目が向かない、人には無関心、親をも信用していない、警戒心さえ抱いているかのようだ。だからだから、なのだ、あやしても嬉しそうに反応しない、抱いてものけぞって嫌がる、早くこの窮屈な恐怖状態から脱出したいといわんばかり、なのだ、そうに違いない?!

突然の変化を避けようとするのも、同じことを繰り返すのも、胎内にいた時の安心感を失いたくないからなのではないか。いろいろ思い当たり、時に不思議のナゾが解けるようだった。「コイツの脳ってのはな、メカで言えば1個1個のパーツは完璧だけど配線がどこか狂ってる、だからまともに動かない、使えないってことだよ」。夫は工業デザイナー、だからって我が子のことをこんなふうに表現するか?!　K子はいつものごとく呆れる、でも言い当てている、感心する、またも脱帽だ。

夫の分析も拝借しつつ、Mを観察していればMの不思議はかなり解明されてくる、そのうえで対策を考えれば、普通ではない行動を減らし、逆に普通の行動を増やしていけるのではないか。自分は自閉症の専門家になる必要はない、専門書を何冊も読むよりも、当時はまだ少なかった専門のあの先生この先生と答えを求めて回るよりも、自分流でやる方が多分納得できる。K子がそもそもフツーではないらしいヒネクレ者だ、自分がこの子のプロになればいい！　シロートのくせにずうずうしくもそう思ってしまったのだ。そう思ったら前途に光明が見えた、気がする、のだった。

一人二役のワザ

幼児期になってもMはなかなか普通にしゃべらない、でも記憶力や声帯といった機能的な問題ではないようだ。一人でしゃべっているか親のマネ、いわゆるオウム返しだ、これも自閉症を確信する決め手の一つだ。「これ食べる？」と聞けば「これ食べる？」といって手を出す、「お水飲む？」と聞けば「お水飲む？」といってコップを差し出す、「お散歩いこうか？」と誘えばササーと玄関へ走って「お散歩いこうか？」なのだ。そうか、ともかくオウム返しを治さなきゃ、それにはどうするか、K子は知恵を絞った。

まずK子は「お水飲む？」と聞いてからすばやくMの側に回り、しゃがんでMと同じ向きになって「お水ちょうだい」と前に母親がいることを想定して見本を示す。こんな複雑にして難解な一人二役の演技の神髄をはたしてMは理解してくれるだろうか、それに、見えない人物に向かって言うのだからヘンと言えばヘンな図だ、他人が見たら、この2人何やってるんだ？　だろうな。でもK子はヘンな人だからこんなヘンなことを思いつくのだ、周囲の目も気にしない、他にいい方法でもあるっていうのか、ともかくやるんだ！　家の中でも外でも機会あるごとにこれを繰り返す。Mの得意な同じことの繰り返しだよ、やがて何か欲しい時はチョーダイなのだと覚えてくれた、どうだ！

挨拶はどうか。人間としての最低限度のマナーだ、これができないと世間からますます外れる。オハヨウ、コンニチハ、とかイタダキマス、これはオウム返しでも不自然には聞こえない、だが相手と違う内容をしゃべる場合は問題だ。

これはもう少し大きくなってからのことだが、遅まきながら父親が仕事に行って帰ってくるという生活を意識させなければと思い至り、人並みに送り迎えの挨拶を覚えさせることにした。夫が朝玄関で「行ってきます」と言うとMも「行ってきます」、夫は、この子はこんなもんだと、諦めたような悟りきったようなふうで出ていく。帰ってきて「ただいま」といえばMも「ただいま」だ。K子は忙しい時などつい玄関まで行かずに奥から声だけかけていたが、なるべくMと一緒に玄関に立って「行ってらっしゃい」「おかえりなさい」と言うようにした、でもMはその時によっていろいろでしばしばトンチンカンだ。そうか、人間同士が言葉をやり取りするという本質的なところから判っていないのだ、だから同じ場面でいろいろな言葉が飛び交うと脳内が混乱する、その場にふさわしい言葉が選べないのだ、さてどうする。

そうか「お水飲む？」の時みたいに一人二役でやればいいんだ。K子は玄関口にMを立たせ、自分はいったん外に出てドアを閉め、またドアを開けて「ただいま」と言い、すばやくドアに向かって立つMの脇に並んで立つと、いない人に向かって「おかえりなさい」、この演技を繰り返し、「部屋の中にいる人は〝おかえりなさい〟なの」と教え込む。今回は呑み込みが早かった。夫の帰宅時についに1人で言えた、「おかえりなさいなの」、グワッハッハッ！　〝なの〟まで言うか！　おもいっきり笑い転げた、まさに自閉さんだ。Mには理解不能な母の笑い、ゴメンね笑っちゃって、せっかくちゃんと言えたのにね。ちょっと可笑しかったけど、やったやった！　自分の仕込みワザの勝利も嬉しいK子だった。
気が付くとMは母の女性言葉もオウム返しだ。でも「〜するわよ」は大きくなるにつれてちょっと困る。そうか、接触度が少ない夫にかわって自分が父親の役目をする方が早い。「〜だよ」はまだいい、そのうち「〜するな、やめろ」、Mの背丈が延びるにつれて「〜するんじゃネエ！」、だんだんK子の男言葉に磨きがかかる。慈母らしく子守唄を歌うのがしっくりこなかったK子だ、むしろこっちの方がスカッとする！　だんだん女性らしい品位を失っていく？　それがなんだ、自分らしければいいんだよ、なのよね？

それにしてもMにとってアイサツとはどんな意味があるのだろう。そもそも何か欲しい時とかひどく気になる時以外に自分から他人に言葉を発することがない。しゃべる能力の問題というより、必要を感じていないからではないか、自力で闘ってこの世に出てきたMは、人に頼るとか交わるという発想を持てないのだろう。オハヨウとかコンニチハとか損得に関係ないのになんでわざわざ言う必要があるのか、と思っていたに違いない。できなかったことができてK子が喜んでも、Mにはその意味合いが判らないからいつもどこかキョトンとしている、親子で判り合えないのはかなり切ないが。

引っ越しに賭ける

一喜一憂、一進一退、一触即発、四字熟語だらけのカオスに満ちた日々、いつも突然突拍子もない行動に出て周囲を驚かす、説明がない、プロセスがない、他人の迷惑お構いなしだ。大きくなるにつれて周囲とのトラブルも幼児のいたずらと見過ごされなくなる、どうしたものか。それでも身体的に特に問題ないMは、相変わらず天使の面影を残したまま、一見普通の子と同じように育っていく。

でも期待した幼稚園生活は極めて難しく、最初から断わられたり、長続きしなかったり、幼児期にして普通という道筋を歩むのは困難だという事実を突き付けられる。これから先はますます難しくなるだろう……そうだ！　気分一新引っ越しだ、やるなら小学校入学前だ、K子は賭けに出た。

実はMが2歳のころまでアパートの2階に住んでいたのだが、下の階の住人から子供の足音が響くのをそれとなく指摘されるようになった。それで近いところに1階の部屋を探して引っ越したのだが、その時のMの拒絶の様は狂ったように凄まじかったのだ。

新居の勝手口の扉を開けただけで後ずさり、腰を落として踏ん張ったまま1歩も中に入ろうとしない、抗議のキーキーが始まる。ならばと外から回って庭に面した畳の部屋の縁に腰掛けさせる、が、キーキーどころかギャーギャー声になって必死で飛び降りる、何度やってもギャーギャーだ。引っ越しの片付けもあるので困り果て、抱きかかえて部屋に入って中からガラス戸に鍵をかけて畳の上に座らせると、さらに狂ったように泣き叫びながらガラス戸に向かって突進、でも開かない、抱いてなだめようとする母の腕を振り払い、何度もガラス戸に挑戦しては脱出できなくて、もう全身全霊を震わせてこの世の生き物とは思えないようなものすごい声を発し、ひたすら怯え、恐れおののき、恐怖から逃れようと闘っている、幼児がみんなこんなはずない……。

最初は初めての場所へのちょっとした不安感ぐらいに思っていたが、この異常さはただ事ではない、さすがにK子の心もざわついてきた。ともかく夫が帰るまで片付けはほっといていったん外に出ようと、今度は部屋の中から反対側の勝手口へ移動する。ほんの数秒間なのにそれが新たな恐怖となり、キーキーギャーギャーは激しさを増す、母子ともに汗びっしょりで外へ出て扉をしめた、途端、ちょっとヒクヒクッとしただけで、シーン、ず～っとシーンだ、えっ？　なに？　ホッとするやら戸惑うやら、どうなってるの、この子は?!

自閉症の特徴として、状況の急な変化が苦手というのをK子が知ったのはそれより後のことだ。そうだったのか、あんな幼い心に大きな苦痛を与えてしまった、酷な体験をさせてしまった、知らないというのは罪なことだ。その後も折に触れてK子はあの衝撃的な場面を反芻する、忘れないでいることがせめてものお詫びなのだった。

その時の経験から引っ越しには懲りていたのだが、Mもそろそろ小学校だ、でも普通の子とはあまりにも様子が違う。近所に年の近い子は何人かいるが、みんなと遊ぶことはまったくない、当然友達もいない。みんなはMの存在を知っていても、Mは彼らのことをまったく意識していない、集団登下校などとても無理だ。そんな状況で同じ学校に行くとしたら、Mひとり浮いてしまってひどく可哀そうだし……。

やるなら今だ、小学校に上がる前に思い切ってこの地とおさらばしよう。Mもそれなりに新しいことをいろいろ経験しているし、もうあの時のような凄まじい拒絶行動はないだろう。場所は隣の県にある実家の近くにしよう、引っ越し荷物を送った後、家族3人夫の車で移動すればいい。これまでに何度か車で泊まりがけの旅行も経験しているが、いろいろ変化の多い場面を嫌がる様子もなく、むしろ自分なりの興味の対象を素早く見つけて楽しんでもいる、もう大丈夫だ、面倒な事は妻にお任せ夫に事前相談は不要だ、K子は我ながら大胆かつ素早い決断に自分で納得、1人で、といっても長時間預ける場所のないMの腕を引っ張って、電車を乗り継ぎ歩き回り、難しい子がいても何とか大丈夫そうな部屋を捜し当てた。夫には引っ越しの前日に場所を告げた。

賭けはうまくいった、Mには心配していた混乱の様子はまったくない。むしろ興味津々という感じで新しい部屋の壁や家具類を指でトントンして回る、幼児期からの〝トントンする〟はずっと健在だ。よし、当分ここがMとK子の新たな賭けの拠点だ、おっと、夫、つまりMの父親もいたっけ。

普通校で大丈夫か?

お〜、我が家にも地元の小学校から就学前検診とかいう案内が来た。当たり前ではあるのだが、ちょっぴり嬉しいK子、でも不安もいっぱいだ。ともかく指定日にMの手を引いて学区の小学校へ向かった。

緊張するなあ、周りの子たちはみんな元気いっぱい、○○ちゃ～んとか言い合って親も子も賑やかだ、幼稚園や保育園で一緒だったんだろう。知った顔のいないMは、K子もだが、すでに浮いた存在だ、でもMは友達とか仲間意識がない、ついでに言えばK子も一人がまったく平気だから、まあいいかな。

受付で手続きをする時、「この子は自閉的傾向があって普通校は難しいかもしれませんが……」「一応検診を受けられて、問題があれば終わってからご相談ください」、あっさりだ。MはK子の脇でおとなしく待っている、ともかく余計な手助けはしないでありのままを見てもらおう。

並んで流れに従って名前を聞かれては身長だ体重だと検査が進む、ん⁈　この子スタスタやれている。やがて目の検査だ、これは無理だろう、右とか左なんて教えていない、うっかりしてたな。でも緊張して見守るK子の予想を裏切り！　ちゃんと指示に従って黒いおシャモジみたいな検査具を操り、人差し指で右とか上を指している、うっそ～ぉ！　戸惑いながらも嬉しいK子だった。

終わって受付で検査票を渡しながら、またおずおずと自閉症のことを伝える。「ちゃんと名前なども言えてますね、身体検査もできているので大丈夫じゃないですか？　もしご心配なら教育委員会の就学相談課に行ってみてください」。担当職員にまたもあっさり言われて拍子抜け、アンタよくできたねえ、えらいねえ、夜は御馳走だよ!

こうして何だか実感がわかないままMはめでたく小学生になった。最初のクラス保護者会で自己紹介の場があり、「Mはこういう子で御迷惑をお掛けすると思います、対応が難しくなったら特殊学校へ転校するつもりです」云々を伝えた。変わり者のK子にもちょっと勇気がいったが、最初が肝心だ、黙っていて後で問題が起きて騒がれるよりは事前申告しておいた方がラクだ。なんか担保を取った? 保険をかけた? みたいか。

学校というものが何なのかまるで判っていないMは、クラス、教室、生徒、先生、授業、時間割、何もかも判らないことだらけだ、だからって判ろうともしていない、何しろまるで困っていないのだから。授業中でも突然、平然、悠々、堂々と外へ出ていく、教室に座っている意味も、みんなと同じことをする意味も判っていない、悪いことだという意識も当然ない、一言断わるなんていう発想もない。それでK子は学校側と相談して、毎日隣の空き教室で待機することになった、母も一年生やり直しだ。

普通の人から見ればMの不可解な行動は、判っているのに悪いことをしているとしか思えない、だから注意したり怒ったりする。でも本人には悪いという意識がないから正しいことを理解するには至らない、逆に怒られたイヤな感情が残るだけだ。K子にしてもこんな自閉症の実態を自分なりに分析できたのはずっと後のことだ。

Mにとって新しい場所は戸惑うことが多かっただろうが、周囲の理解もあって（K子の努力も！）学校生活にもだんだん慣れてきた。でも休み時間には校庭の高い木にするする登る、時にはどうやって辿り着いたのか、二階建ての校舎の屋根の上からヒョイッと顔を出して校庭を見下ろしたり。子供たちからは「スゴ〜イ！」の歓声、若い女性の先生などは「キャー危な〜ぃ、早く降りてぇ！」、K子は自分も木登りなど朝飯前だったから何の心配もしていないのだが、ここは定番通り息子を案じてハラハラするハハを演じるべきか、でもウソ臭い芝居するのもイヤだなあ、なんてモゾモゾしていると、校長先生登場、作業着姿で校庭を見回るようなおおらかな方だ、「ほお、元気がいいね」とニコニコ見守ってくださる。それで救われた、ご心配やらご迷惑のお詫びはちゃんと伝えたが、あとは演技なしでいこう。

お勉強はやらないし、授業中に教室を出ていっちゃうヘンな子なのに、九九をあっという間に覚えたりする。だからクラスの子たちから〝宇宙人〟なんて言われてしまった。

そのうち集団行動にも従えるようになり、交通機関を使ってのスケート教室までも付添い不要ですと言われるようになった。さすがにスケートなんて初めてだし、勝手な行動をして迷惑をかけているんじゃないかと心配で学校で待機していると、みんなの列に混じってニコニコ帰ってきた。先生もニコニコで「Mくん、やったことないって言ってたけど、すぐに助けを借りずにスイスイ滑れましたよ。手すりから離れられない子たちにスゴ～イ！　なんていわれて楽しそうでしたよ」、えぇ～っ、またもやウソでしょ?!

後日、確かに手放しで滑っている写真を頂いた。おおっ、感動だ！　あっそうだった、Mは1歳の時突然スタスタ歩きだしたんだっけ、スケートだってプロセス不要なワケか。

そんなこんなで学年が上がるにつれてK子の校内での見張りも、校外学習や遠足の付添いも不要になった。入学後最初の保護者会で、問題があればいつでも転校する用意があると伝えてから6年、おおらかな校風、頼もしい先生方、大勢の魅力的な子供たちに囲まれ、支えられ、時にはちょっかいを出されたり、それも含めて多岐にわたって多くの成長をさせて頂き、何とか転校せずに過ごせた、感謝しかない。修学旅行は日光へ1泊、これも付添い不要で迷子にもならず、無事に乗り切った。お土産に買ってきたのはなぜかお賽銭箱、いまでも現役だ。

そして迎えた卒業式、かつて心配していたような突飛な行動もなく、全体の中に埋没しきっている、名前を呼ばれて卒業証書も型通り無事に受け取った。その時先生が撮って下さったアップの写真には、例の片方の口角上げてニヒルにニンマリ、というより必死で笑いをこらえている?! みんなみたいに神妙じゃないのがMらしいけど、何が可笑しいんだか。何年かして写真を見ながらナゾの表情について聞いてみた、「わからない、忘れた」まるで素っ気ない、ともかく卒業できたんだからいいか。

K子があえて普通校を選んだのは、もちろんMが普通の集団生活の中で成長してほしいと願ったからだが、実は大きな理由はもう一つ、普通の子供たちにMみたいな人のことを知ってほしかったからだ。身近にいなければ障害のことなどまったく理解されない、存在すら無いことにされてしまう。だから宇宙人みたいなMのことをちょっとでも覚えていてくれて、将来大人になってふとした拍子に思い出し、世の中にはいろんな人がいるのだという意識を持ってくれたら有難いな、そう願ったからだ。

遠足の繰り返し　《Mは多分こう思っていた》

小学2年生の春は少し遠くへ歩き遠足だ。街からちょっと行っただけですぐに山の中だ、草や木ばっかりで道がないみたいな所に入って、そこをどんどんどんどん登っていくと、急に新しいきれいな家がいっぱい建っている所に出た、あとはずっと街で、最後はボクも知っているお寺のそばの公園へ行く、でもそこはあんまり興味ない、それより早く遠足終わらないかなあ、もう一度いまと同じところ歩きたいからさ、今度はお母さんと一緒がいい、ワクワクするなあ。

家に帰って急いでリュックを置くと「もう一度行きたい」「えっ、今からもう一度なの?!」、この嬉しい思い付きをお母さんもきっと喜ぶと思ってニコニコ顔で伝えたのにぃ……お母さんはボクのことですぐ驚く人なんだ、で、いつもみたいにポンポンまくしたてる「何言ってるの、いま帰ってきたばっかりじゃない！」「だから忘れないうちにもう一度楽しみに行きたいの」「もう3時過ぎだよ、また歩いて行ったら帰りは真っ暗だよ」、そうか、ボクは時間のことなんか考えていなかった、でもなんで真っ暗じゃいけないんだ？「だいたい1日歩いてくたびれているでしょ！」、そんなこと言われたってボクはちっともくたびれていない、お母さんは自分が行っていないからわからないくせに勝手にそう決めている。「あしたは日曜日じゃないんだから、疲れて学校に行けなかったらどーするの！」、そうか、ボクは毎日学校ってところに行っているんだった、でも学校よりうんと楽しいことするんだから、それで疲れて学校休んだっていいじゃないか、どーするの！ って大声でガーガー言われるほど悪いことだとは思わないんだけどな。

お母さんは完全に怒っているらしい、「アンタどーかしてるわよ、歩き遠足から帰ってすぐまた同じ所に行きたいなんて人、世界中捜したっていないわよ！」、お母さんは自分で世界中捜してもいないくせに、よく自信満々にこんなふうに言ってお説教する。「どーしても行きたきゃ一人で行ったら、道覚えているんでしょ！」「お母さんも一緒がいい」「ヘンなの、知らない、もお！」。

本当は一緒がよかったんだけどだんだん面倒くさくなってきて「じゃあ1人で行ってくる」、お母さんはボクが行くのを諦めると思っていたらしくてちょっと焦ったみたいだ、「しょうがない、もーいいわよ、一緒に行くわよ！」ヤケクソだ、「どんなところ歩くの？」「山の中、田んぼもあった」「えっ?! じゃあスカートじゃダメか、帰りは遅くなるから夜は外食か」、ごちゃごちゃ言いながらも着替えたり、お財布の中身を確認したり、やっと行く気になってくれたのだった。

　でもなんでこんなにもめて時間がかかるんだ、お母さんはいつもボクのことヘンだヘンだって言うけど、どこがヘンだかわからないよ、人に迷惑かけちゃダメとかもよくお説教されるけど、遠足に1日2度行ったたってダレも迷惑じゃないんだよ、お母さんは道に迷う心配もしている、初めてのところを大勢で歩いたのにちゃんと覚えているのかって、でもボクにはボクの覚え方があって絶対間違えない自信があるんだよ！

　やっと出発だ、ともかく嬉しい。まず朝出発した時とおんなじに学校の裏門からだ、そこからこっちへ進んであっちを曲がってと、あっ、目指す田んぼが見えてきた、お母さんは不審そう、「ここならわざわざ学校の裏門まで行かなくたって、もっと近道があるのに」なんてブツブツ、ボクだってそんなの知ってる、よく1人でもお母さんと一緒でも自転車なんかで来ていたから、でも遠足と同じ道がいいの、それをもう一度お母さんと一緒に歩いて確かめるのが嬉しいんだよ！

　田んぼのあぜ道を進んだその先は、いよいよ山の中だ、うっそうとして周りは何も見えないよ、でも藪や小枝を両手でかき分けながら急な斜面をずんずん登っていくんだ、「賑やかな街のすぐそばに、こんなケモノ道さえないような（当たり前だ、こんな街のそばにケモノなんて住んでいない）山があるなんて、アンタほんとにここであってるの？」、確かに道なんかない、でもボクにはボクの覚え方があるんだから安心してよ。

20分ぐらいで登りきったらもう普通の道だ、「えっ、こんなところに出るんだ、どこよここは?!」（永遠に続くかと思えた山の中から突然、本当にあっけに取られるように突然広～い道路と、似たような高級そうな一軒家が立ち並ぶ、スカーッと開けた住宅地に出る）、お母さんはすごくビックリしている、ボクはここからも遠足と同じ道を迷わず進む、お母さんはそのうち高台から遠くの方に見慣れた建物などを発見すると「ああここだったのかぁ！」なんてホッとしたのか一人で勝手に興奮してる、ボクは迷わなかったことをもっと褒めてもらいたかったけど、思いついたことが達成できたからまあいいや、全然疲れてもいないし、夜はいつもの中華屋さんでたっくさん食べれたし！

翌日お母さんが先生にこの話をしたらしくて、ボクはまた〝宇宙人〟になったのだった。

第四章　ボクはどこのダレなのか

危険が怖くない

　外に連れ出せば興味のある方へササーッと走り出す、長い垣根やブロック塀が続く道などは、それを見るのに顔だけ真横に向け、前方を見ることもなくトットコトットコ飛ぶように進む。突然しゃがんで何かを見ている、住宅街では顔を斜め上にあげ、家のどこかを見つめながらトットコトットコ、どこに目がついているのか、物にぶつかることもない、車に轢かれもしない。おもちゃのプラスチックの柱が倒れそうで倒れないのも同じか、どこが限界なのか本能的に自分で線引きができるのか、そうやって危険をかわしているとしか思えない。

　扇風機の羽根事件もそうだ。あるのどかな夏の日、ふと気が付くと隣の部屋の扇風機からビビビビビッと変な音がする、壊れたか？　と思って見に行くと、えええっ?!　Mがガードのスキ間から人差し指を突っ込んでぶんぶん回る羽根に当てている、細くて白い天使の指がぁあぁ～～「やめてぇぇ～～～！」、ん？　小さい子ならこんな場面でフツー泣くだろう？　ウッカリというより意図的にやっているのか？　指先の微妙な寸止め具合も呆れるほど確か、のようだ。片方の口角上げてニンマリのMは、親の焦りや注意なんか知っちゃいない、ビビビ、ビビビはどこまでも続く、K子は脳ミソ混乱、指を引っ張るか、スイッチを切るか、待てよ、そんなことしたら余計危ないか。一呼吸してよくよく見てみれば、ハチドリのように細かく振動する指は血まみれになどなっていない、だいたい本人がニコニコ快感に浸っている。フツーじゃない子なんだからフツーに痛がりもしないしケガもしないのか、これはこれでいいのか？　いいのだ、なのだろう多分……。

とにかく丸い物、それも回るものが好きらしいことはK子にも判ってきた。顔を斜め上向きにして歩くのは、よその家の外壁に取り付けられた換気扇を見つけては観察している、というのが後々本人の口から語られるナゾの真相だった。道路で急にパタッと止まるのは、「マンホールのフタを見ているの」なんだそうだ。

確かにMは少しずつしゃべるようになってきた、語彙も増えた。喜んだりホッとしたりする一方で、どうやら普通の会話らしくないことにK子も気付いてきた。冷静に観察し分析してみると、自分からしゃべるのはほとんど要求を伝える場合だ。イヤなことはキーキー叫んで拒否するけど、何も言わないから理由が判らない。何か思ったり感じたりしたことをわざわざ口にすることもない。だからさすがのK子にも、あまりにフツーじゃない自閉特有、というかM独特のこだわりなど予想できるわけもない、何が面白いのか何が嫌なのか、こっちから聞くまで判らない。

危険の極めつけは、人差し指ごときで収まるものではなかった。その奇行に取り付かれたのは引っ越して小学校へ行くようになってからだ。そのころは1人で出かけても迷子にならずちゃんと家へ帰ってくるので、どこで何をしているのかあまり心配はしていなかった。親子別々に出かけてMが先に家に帰っても、ドアの前あたりでウロウロして待っているから大丈夫だった。

そんなある日のこと、K子は買物を終えてそろそろ帰らなきゃと背中を伸ばすようにして何気なく空を見上げた。すると、あるビルの屋上にふと目が止まる、ヘリにめぐらされた金網のフェンスの上を何か小さなものが動いている、こんな街中に猿でも迷い込んだのか？　次の瞬間、K子の心臓は凍り付いた、まさか、ウソ？　ウソでしょ！　それはまさかでもウソでもなかった、まぎれもなくMだ!! 体型も服装も、それに独特の動きも、どこからどこまでもMだった、まるでワイドスクリーンで映画を見ているようだ。街を歩く大勢の人は誰も気が付かない、当然だ、誰もそんなこと想定すらしていない、みんな地上を平穏に闊歩しているだけだ、誰も助けてはくれない、あぁ気を失いそうだ……。

落ち着けK子、Mに人生賭けるんじゃなかったのか、ここで判断を間違ってはいけない、まずはよく見よ! ド近眼の目にもいつものニンマリ顔がそれとなくわかる、自分で限界を察知しているからこその自信なのか、何も恐れていない、降りられずに困っている様子もない、現実感が希薄なのか、ヘラヘラヘッチャラで楽しんでいる、ように見える、そんな時下から母が大声で名前なんか叫んだら、気付いたとたんハッと我に返る、焦ってバランスを崩す、に決まってる、かえって危険だ、ならば誰かビルの人に屋上に上がって助けてもらおうか、いやそれは余計に危ない、怒られる、逃げなきゃ、で真っ逆さまに落ちる、に決まっている……青空に張られたスクリーンには最悪のシナリオ、悲惨な結末ばかりが映し出される、神様助けて! もう祈るしかない、助けて!!

やがて小動物はフェンスの内側にぴょんと飛び降り、姿が消えた、長いと感じた時間も実際はほんの数分、いや秒の範囲だったたかもしれない。それにしても何でまたあんな高い所に目を付けたのか、それにどこをどうやって関係者以外入れないような場所へ入れたのか、フッーじゃないからフッーじゃ思いつかない方法を見つけられるのだろう。どこで・何で・何を・どうやって＝where・why・what・how?（そのナゾはだいぶ後になって判る）、この子には恐怖心てものがないのか、親にとっては心臓が飛び出るほどの恐怖だよ！

それまで住んでいた所にはあまり高い建物がなく、全体に平坦な感じの街だったが、ここへ来たら駅周辺はデパートだって1つじゃない、他にもホテルやマンションや高いビルだらけだ。それが珍しかったのか。Mはもともと高い所が好きではあったが、ビルの屋上、それも幅何センチというフェンスのてっぺんだ、いくらなんでもだ、落下防止用の強固なガードもMの奇行は防止できない。でもあの天使顔だ、神様に護られているのだ、きっと。

その日はそれで済んだが、なかなか帰ってこない日など、どこかで落ちて死んでいるんじゃないか、心配で街へ出て捜す。そういった騒ぎは起きていないようで街はいたって平和だ。でもビルの谷間に落ちたとしたらなかなか人には気付かれない、必死でそれらしい場所を隅々までのぞき歩く。なにやってるんだK子、惨めになる、泣きそうになる。あまり家を空けているのもまずい、あの子は無事だと自分に言い聞かせて帰宅する、なんだM

がドアの前で母の帰りを待っているじゃないか、毎度のことだ、もうこんな不安はごめんだ。

よく言われる服に名札をつけるという案も、Mには通用しない、自分で剥ぎ取ってしまうから。でも野垂れ死になんて悲しすぎる、だからせめて息がある間に発見されたら、自分の名前ぐらい言えるようにしておかないと。

自分の名前を覚える

Mは小さい時から名前を呼んでも振り向かない、知らん顔してる子だった。K子は得意の観察と分析でだんだん判ってきた、聞こえないのではない、覚えられないのではない、意図的に親を無視しているのでもない、この子はそもそも人に名前があるということが判っていないのだ。Mという音が自分の名前だということ、そばにいてこの音を発する動く物体が自分の母であり父であること、そんなのは普通なら自然に判ることだが、Mの脳内にはそういう人の世のことを認識する機能が欠けているのだ。

少し大きくなると、Mクンとかアンタとか呼びかけると何となく反応するようにはなった、自分から何か言葉で伝えるようにもなった。でも「アンタにもチョーダイ」とか「アンタも〇〇する」とか、親のオウム返しで自分のことを完璧〝アンタ〟だと思っている。「違うでしょ!」ガッカリしてアンタじゃなくて〝ボク〟と言わせようと闘うK子、でも人間社会のことが判っていないから2つの言葉は単なる音の違いで意味の違いまで判っていない。

ある時、他の子のものをいじくっているMに注意する、「それはアンタのじゃないでしょ」、すると「どれがアンタのなの?」。うっ、ウチでは当たり前すぎてウッカリしていたが、このフツーじゃなさは外ではマズイ、直さなきゃ。まず自分には名前があること、自分は何者かを判らせないと。

手始めに、名前を呼ぶ時は対面になってMを指さして、Mクン、そしてK子も自分の正面にMの顔を向けさせて自分を指さして、ママ、これを繰り返す。この大きいのがママで、自分はM、それを脳内にインプットする、自分をアンタと言っても無視だ。お水飲む?と言ってきても、お水チョーダイと言うまであげない、そうやって普通のしゃべり方を覚えさせたように、これも特訓だ。アンタは何でもしつこく同じことを繰り返す人だ、だから母もしつこく繰り返す、自分のことをアンタと言わなくなるまで。

鏡の中のボク

ママ、Mクン、ママ、Mクンもすっかり定着してきた、確実に自分の名前を覚えたようだ。

そんなある日、2人で外出しようとK子は鏡で服装のチェック、デザイナーの夫好みの全身が映る大きな縦長の鏡だ。そこにチョコマカ近づいてきたM、そして鏡に映る2人が目に入る。じっと見つめてちょっと不思議そう、それから横にいる現物の母を見上げる、アレッ？ おんなじ？ 鏡の中には母の隣に小さい姿が並んで見える、また現物と鏡を見比べるM……ウッワァ〜〜〜！ K子の脳天にイナズマが走った!!

今だ！ K子は鏡の中の自分を指してママと言い、すぐに現実の自分を指してママ、それから隣のMに向かってMクン、そして急いで鏡の中のMを指してMクン、それからママ、Mクン、ママ、Mクンを繰り返す、Mも鏡の中の2人を交互に指して「ママ、Mクン」、それから生身のK子と自分を交互に指でトントンして「ママ、Mクン、ママ、Mクン」、嬉しくて弾けたようにニッコニコで繰り返す。あの口角上げたニヒルなニンマリではなく後光が射したような天使顔だ、この子の脳内にも今まさにイナズマが走ったに違いない、それでどこかの配線がパチッとつながったのだ。〝あれがママなら隣にいるのがMクンだ、自分はあの形なのだ〟、Mの脳内で音と形が一つにつながった瞬間だ、こうして生まれて初めて自分が何者かが完璧に判ったのだ。

不思議の国のMはこうやって鏡の奥からポンとこっち側に飛び出てきた、まさに劇的な展開だ、奇跡だ、ドラマだ！　神様、お父さん、お母さん、K子はついにやりましたあ〜〜〜ぁ‼　あ、一応夫にも言っておこう。

迷子ってなに？

2人でカミナリに打たれたあの日から、Mは人間の国のことが少しずつ判るようになってきた、気がする。ママと呼べばママは返事をしてくれる、だから自分もMクンといわれたら振り向いたり返事をしたりすればいいんだ。普通の子ならごく幼児期から自然に身につくこんなことやあんなこと、不思議の国にいたから知らなかったんだよ、そうだね、これから少しずつこっちの世界の仲間入りをしていこうね。

そのころはまだ、外出先でちょっとしたスキに姿を見失うことはしょっちゅうだった。

そんな時でも自分から親を捜すことをしない。「勝手にどっか行ったら迷子になるでしょ！」、何度注意しても通じない。ある時スーパーの天井から店内放送の声、「チェックのジャンパーに紺色の半ズボンを着た6歳ぐらいの男のお子さんを保護しています」、Mだ！ 慌てて指定場所に駆け込む、でもK子を見ても知らん顔、チョロチョロして電話機や換気扇をいじったりしている。こういう時はだいたいお説教だ、親はちゃんと見張ってなさいとかなんとか、でもここで自閉症の説明なんかしても始まらない、フツーじゃない行動にひたすら平謝りで身を縮めて逃げ帰る。そんな時、あるところで言われた「うちの親戚にもこういう子がいてね、親は大変ですよ」、あぁ世の中には判ってくれる人もいる。ほんの少数でもいい、心底有難い、地獄で仏ってまさにこれだ。

そうか、迷子という意識がそもそもないのだMには。まずはそこから判らせないとダメだ、言葉じゃない、体を張って特訓だ。K子の脳内をいつもの観察と分析が駆け巡る、あの一人二役か、いや今回は演出家か。

まず舞台設定は、そうだスーパーがいい。お客さんが少ないフロア、そしてK子がうまく身を隠せる所、さらにMが興味なさそうな所、それはもう洋服売場で決まりだ。次は筋書き、K子は服を選ぶフリしてさりげなくMの手を放す、Mも初めはK子のそばをチョロチョロしている、が、興味あるものなしと判断するやサーッと広いフロア内を移動、K子は目で追う、どんどん離れそうになる、気が付かれないように売場の衣服に隠れながら後を追う……もう刑事ドラマだ！　主演M、いやK子か？　そんなことよりMはもうスタスタと階段めがけて別のフロアに行こうとしている、親の存在など眼中になし、いつものことだが腹が立つ。今だ！　K子はダダッと詰め寄る「アンタ、1人でどこ行くのよ、迷子になるでしょ、離れる時はひとこと断わってから行きなさいっていつも言ってるでしょ！　だいたいアンタはお母さんの姿が見えなくなっても何も感じないの?!」、だいたい迷子という意識のない自閉さんに何を感じろというのか、Mも戸惑ったに違いない。こんな言い方は自閉症の専門書では典型的な悪い見本だ、そんなこと当時のK子は知っちゃいない、まあ知ったところで緊迫した時には冷静になんかしゃべっていられない。

もう一つ、一緒にいる人の姿を見失ったら自分から捜す、その人を呼ぶ、これも普通なら自然に身につく人間として基本中の基本の行動だ。でもMにはわざわざ教えなければならない、実演だ。でも〝おかあさ～ん〟と呼ばせる練習なんてフッーやらない、かなりへンだ、あの2人なにやってるんだ、だろうな。

　だから人が少ないところを捜す、そこでまずMがそっぽ向いているスキに、K子の方がヒョイッと隠れる。初めのうちは知らん顔のM、まるで捜す気配なし、K子はジレてくる、姿を現す、アレッ？　キョトンとするM、「お母さんが見えなくなったら捜しなさいっていつも言ってるでしょ！」、ダメな言い方なのは判っている、次から気を付けよう、とは思っているが。

　折を見ては、K子は張り込み刑事の小芝居、Mはおかあさ〜んと呼ぶ演技の稽古、何度か繰り返すうちにかなり仕上がってきた。そんなある日、Mが不意に言う「迷子ってなに？」、うっ、今ごろそれを聞くか、さんざん言ってきた言葉なのに〜ぃ！　でもふざけているのではない、真顔で聞いている。ほんとにMは普通の子なら自然に身につくような人間界のことが判らないのだ、判らない時はその場で聞いてくれ！　ムリか、人に聞くという意味合いがまだ判っていなかったのだMは。

　おかあさ〜んが身についたのはいいが、一瞬離れただけですぐおかあさ〜んを連発、そこまでは要求してないよ。大きくなってからもデカい図体であたりかまわずダミ声の「おかあさ〜ん！」、これには参った、インプットの効きすぎだ。特に一緒に外出してトイレに入った時は最悪だ。男女の場所の区別は一応教えてはいるが、先に出たMはお母さんがいるかどうか心配で、女性トイレの前をウロウロしたり中を覗こうとする。痴漢だと思われて警備員を呼ばれたこともある、世間の人の反応としては当然だ。Mの辞書には〝恥ずかしい〟という言葉がない、加減とか状況把握などもMにはかなり上級編だ。「お母さんはアンタとは違うから勝手に一人でどっか行ったりしないわよ、だからおかあさ～んって大声出さない、女性トイレには入らない！」、K子のダメ出しは、はたしてどこまで伝わるか。

ボクは迷子じゃない

幼少期からK子を困惑させ、恐怖に陥れ、時に〝死〟をも覚悟させせた迷子騒動、でも本人にとっては、〝怖くない、困っていない、ヘッチャラ〟だったのか。

ごく幼児期はウッカリ手を放したスキにトコトコ離れても、だいたい視界の範囲内だからすぐ見つかる、それでだめでも近くの交番などで保護されていたりする。でも小学生にもなると行動範囲が広がる、1人で出かけることも増える。電車にも興味を持ち始め、乗り継ぎなども自分でどんどん覚えてくる。最初はK子も一緒についていったが、同じ路線の乗り継ぎを何度も繰り返したりして、1日中付き合わされることもある。もう自分の名前も言える、ならばと両親の名前、さらに住所も電話番号も覚えさせた。記憶力は抜群だからすぐ覚えた、迷子の特訓もした。Mが1人で行くと言う時は、心配しながらも、行ってらっしゃい、気を付けてね、と見送った。

たまにかなり遠くの駅とかお店から「息子さんを保護しています」と連絡が来て迎えに行く。普通の子みたいに泣きじゃくってもいない、親の姿を見て「おかあさ〜〜ん！」と飛びついてもこない、いつだって涼しい顔だ。本人はまるで困っていないから当然だ、なんでお母さんが来るまで待っていなきゃいけないかも判らない。保護した側もワケ判らなくてアレレ？　って感じ、いつものことだ。説明してもなかなか理解されないだろうから、テキトーにごまかして、ひたすら謝ってお礼を言って帰ってくる。

ある時などは終電の時間を過ぎても帰ってこない、さすがにきょうは野垂れ死にか。覚悟し始めたころ、隣県の某駅から電話だ、もうタクシーしかない。暗闇で揺られながら思いは巡る、無事だと判ってホッとはするが、何てことしてくれると腹が立つ。駅も駅だ、小学生ぐらいの子が夜遅くまで1人でいるのに何で気が付かないんだ……深夜の上り車線はガラすきだ、思ったよりは早く到着、Mはいつも通り涼しい顔、困惑気味の駅の人、あまり大きな駅ではないが乗降客は多いようだ。「近ごろは塾とか習い事で結構子供が遅くまで駅にいるんですよ」だそうだ。さすがに終電過ぎてホームに1人でいるのを発見して、これは変だと気付いた、あわてて名前と電話番号をなんとか聞き出したとか。さぞかし扱いに困っただろうな、なにしろ本人がまるで困っていないんだから。さっき思った〝駅も駅だ〟は間違ってました、スミマセンだ。毎度ながらひたすら謝ってお礼を言って待たせていたタクシーに乗りこむ。帰りもノンストップ状態、往復○万円、若い夫の月給からしたら相当痛い出費だ。なんで迷子になったのか、ともかく無事でよかった、いや、そんなことより今月やっていけるか、たちまち現実に戻るK子だった。

こんなこともあった。小学校入学前に引っ越した所は実家まで電車で2駅、バスだけでも乗り換えなしで行ける程よい距離で、よく連れて行った。そんな実家から帰るある日、駅で切符を買うのにちょっと目を離したスキに、アレッ？　いない、でもいつものことだ、ほんの一瞬なのでまだその辺にいるだろう。Mが好きそうなところを捜す、いない、ここにもいない、あっちにもいない、ちょっと焦る。そうだ実家へ戻ったかもしれない、道順はすぐ覚える子だから多分迷わないだろう、電話しよう。でも母に心配かけたくない、自分の落度を責められたくない、だんだん日は暮れてくる、そんなこと気にしてる場合じゃない。K子はオロオロし、ウロウロし、Mを捜し、公衆電話を捜し（携帯電話などない時代だ）、焦る指先で財布から10円玉をかき出して電話（テレカもまだない）、でもMは来ていないと告げられた。

街はもうすっかり暗くなった、早くも見失ってから1時間以上は経っている、ともかくいったん家に帰って考えよう、そのうち夫も帰ってくるし……。

不安を抱えて家にたどり着く、中には誰もいない、真っ暗だ。ドカッとイスに身を投げ出す、暗闇から周囲の家々の灯りが見える、皆さん平穏無事に暮らしているんだろうな……だめだ、沈むな、立て、夕食の仕度しろ。そうだ、そうだった、雨戸を閉め、カーテンを閉め、台所の電気をつける、ちょっと我を取り戻す。

〝腹が減っては戦は出来ぬ〟、この手垢の付きまくった言葉、よくみんな平気で言うよな、自分じゃ何か気恥ずかしくて絶対言わない……でも古いからこそ真実なのだとK子思い知らされる。今までイクサらしいイクサの経験をしていなかったから我が口から素直に出なかったのか、今まで自覚できていなかっただけで、親の庇護のもとラクチンに暮らしてきたということか、自分が親になってみたら我が子の迷子はイクサそのものだ。まだ小さい子に過酷な運命を背負わせてしまった、真っ暗だしお金も持っていない、どこをさまよっているのか、かわいそうなM……K子はもう半泣きだ。

でも今までみたいにきっとどこかで保護されている、ムリヤリ自分にそう言い聞かせ、イクサに備えて冷蔵庫を開ける。ともかく何か作ろう、庫内をガサゴソ、すると外で足音がガサゴソ、夫か？　ん、違う?!　ドアをトントンするのと中から開けるのとほぼ同時、あぁ愛しい我が子がそこにいる！「アンタ、1人で帰ったの？　どうやって帰ったの？　よく帰れたねえ！」矢継ぎ早だ、Mが答える間もない、外を見渡しても誰かに保護されてきた様子はない。Mは何事もなかったようにいつものチョコマカした足取りで、ドアの向こうからポンとこっち側へ入ってくる、あ、あの時、鏡の国の時とおんなじだ！

不思議でたまらないK子はさらに問う、「ホントに1人で帰ってきたの？」「そお！」「どーやって？」「歩いて！」えっ?!　電車で2駅、そこから家までさらに歩く、小さい子の足なら2時間近くはかかるだろう。でも疲れた様子はない、泣きはらした顔もしていない、むしろ誇らしげに答える、アンタは恐怖どころか疲れも知らないのか……。

急ごしらえのチャーハンをパクパクパクパクパク、ちょっと母を見上げてニンマリニコニコ、またパクパク、母を見てニコニコ、あぁこの子はちゃんとここにいる、母の手に戻ってきた、峠の我が家、じゃない街中の我が家にも灯りがともった、ウチだって平和よ！ 流し台で後ろ向きに立つと泣けてくる、クールなK子だって母だ、泣いて当たり前だ。
食べ終わって落ち着いてからまた聞いてみた、空白の2時間余りのナゾをどうしても知りたいK子だ。「よく1人でここまで歩いて帰れたねえ、すごいねえ！ どうやって道がわかったの？」「電車に乗る時いつも外を見ているから覚えている」、そうか、Mにとっての興味は山とか川じゃない、工場なんかの機械類だ。そういえばあのビルの屋上歩きも、だいぶ後になってから理由を言った、「あそこに大きな機械とかタンクとかあってバルブやネジなんかを見たかったの」。確かに鉄道沿線の工場ではそういうものはだいたい線路に面した側に設置されている、その記憶を頼りに線路に沿って歩いてきたから迷わなかったという。「でっかいネジとかバルブとかいっぱい見れた」、なんだ、そんなものをトントンしたりいじくり回したりして楽しみながら楽勝で帰ってきたのか！

あっそうか、思い出した、あの不思議な遠足の繰り返しだ、Mには M独自の記憶回路があるのだ。あの時はマンホールのフタや家の壁に取り付けられた換気扇だ、何の迷いもない足取り、あれが帰巣本能というものなのだろうな、きっと。それでもまだ空白の数時間の実態が理解しきれないK子は、ある日さりげなく聞いてみた。「暗くなるし遅くなるしお金は無いし、1人で怖くなかったの?」質問の意味はピンときていないらしい、「怖くなかった」ちょっと間があって「お母さんに注意されないからよかった!」ガーン!! そうきたか。気がついたら迷子になっていた、ではなくて、母が手を離した瞬間に〝1人で行ってみよう!〟を実行したのだ、確信犯だ、親の心子知らずだ、泣かないどころか小躍りして楽しんできたっていうのか!

小さい時から迷子になっても泣かなかったのはそーゆーことか、チャーハン食べてニコニコも、家に無事帰れた、お母さんに会えた、なんていう普通の子らしい嬉しさじゃなくて「シテやったぜ!」なのだ、当時のMがそんなセリフを言えたわけではないが。まさに子の心親知らず、おかげでK子の喜びは黒雲の中にすっ飛んだ。危険だけじゃない、暗闇も時間の経過も、独りぼっちさえも、Mには恐怖でもなんでもない、ボクは迷子なんかじゃない、それよりハハがうるさい、ああそうかい、もう迷子になっても捜してやらないからな!

いつまでも親に縛り付けていては将来困る、Mもだんだん「お母さん、ついてこないで」

と言うようになった。そのころは単純に自立心の芽生えだ、アンタもいっちょ前になったねぇなんて、むしろ人並みの成長を喜んで1人で出していた、それが甘かった。何かの拍子に漏らす「お母さんに危ないとか迷惑だとかいろいろ言われるのが嫌なの」、まあそんなものか、それも自立だしね。深夜に隣県の駅で保護された件は、「乗り換えの線がいつもと変わっていたからわからなくなっちゃったの」だそうだ。だったら駅の人に聞けばいいのに、それをしないのが自閉だ、頭の中に言葉はあっても、当時はそれを口に出して人と会話するという意味合いを知らなかっただけだ。

生まれた時からMは自分しか信じていない。自分だけが頼り、でもいろいろ判ってはいる、だから人に教わるという発想がない。何でも自分で決める、自信があるから1人でも困らない、怖くない、たとえ困っても、イヤなことがあっても、自分でなんとかする、わざわざ人に言葉で伝えるプロセスは必要ない、そういうことか。

よく自閉症の人はコミュニケーションが苦手とか人とうまくしゃべれないとか言われるが、Mをみる限りそれはちょっと違う。普通の人の感覚で想像される苦手とか恥ずかしいではない、それらは他者を意識しているからこそ起こる感情であり、Mはそもそも人に交わる発想を持たない、人との関係性が判っていない、言葉を知っていても人に言う必要を感じない、単純に言わないで黙っているだけのこと、だから苦手とか恥ずかしいという普通の感情とは無縁だ。以上、シロートK子の観察&分析。

これはいいような悪いようなだ。親にもMが何を考え何を感じているのか、特にフッーじゃないことなどは言われなければ判らない、だから対応もいろいろ間違ってしまう。時には10年も経ってから、「あの時ホントは◯◯したかった」とか、「お母さんが△△と言ったのが悔しい」とか、不平不満をぶちまける。何だそれ、言葉を知っていたなら何でその場で言わなかったんだ、今度からはその時すぐ言ってよね！

中学校は大丈夫か？

いろいろあったけど小学校は無事卒業、さあ次は中学校だ。K子に不安がまったくなかったわけではないが、この子はきっと大丈夫、という根拠のない裏付けのもと、Mはいわば無防備で学区の普通校に進んだ。指定業者に制服のサイズを測りに行ったり、カバンや持ち物を注文したり、K子にも人並みに親としての嬉しい作業が続く。急に増えた教科書類の量は親でも圧倒されるほどだ。まだ小柄だった体にのしかかる重さがちょっと可哀そうにはなったが、難しくなった内容が理解できるかまで配慮が及ばないほど、制服を着たMがまぶしく、晴れがましかった。K子のなかでは自閉症というのはまるで過去の話になってしまったようだった。

中学校になると、生徒は近隣のいくつかの小学校から集まってくる。Mの小学校からはむしろ少数で、いっきょに同じ制服を着て同じカバンを提げた知らない大勢の生徒がダダダッと集まる中に放り込まれた。Mにはかなりの衝撃で戸惑ったに違いないが、何しろ当時はまだ聞かれることには答えても、自分から思いを伝えることをしなかったので、人並みに親としての期待値が勝ってしまったK子は、Mの心を深く読み取ることもなく、このまま順調に普通に成長してくれれば、という願いもあって、呑気に構えていた。が、それは甘かった、そんな何のあてもない期待は間違いだったと早々に気付かされることになるK子、普通校で大丈夫、ではなかったのだ。

まだ1学期も終わっていないある日、K子は学校から呼び出された。あのおおらかな小学校とは違って職員室の雰囲気は重々しい。担任の他に学年主任とか教科主任とかにも囲まれ、Mが他人の教科書を破ったとか、机にツバを吐いたとか、奇異な行動やトラブルが列挙される。詳しい背景や経過などの説明はなく、今までこんな行動をする生徒は見たことない、親がちゃんと躾をしていないからだ、と指摘される。そういえば入学早々、小学校の時同じクラスでその後もお付き合いが続いているあるお母さんが、「Mクン、よく男の子たちにからかわれたり追いかけられたりして可哀そう、と娘が言っていますよ」と教えてくださったことがある。でもこの場で何か言い訳しても通用しない、ひたすらちぢこまって黙って聞くしかない。留置所で取調べを受けている犯罪者というさまだ、よくある映画のワンシーンみたいだ。何人かの教員が遠巻きにチラチラこっちを見る、あれがあのとんでもなくおかしな生徒の親か、という光景。

その時やおら1人の若い女性教師がエラソーに腕組みしてツカツカ寄ってくる、アタシだって言ってってやりたいことあるのよ風情のキツ〜イ目付きで見下ろす、ん、なんか女優の〇〇気取りだな、じゃあこの哀れな母の役は誰？　っておいおい、ここは緊迫場面だよ、横道にそれるな、妄想やめろK子。

確かにMのやったことはよくない、でもこの犯罪者扱い、親子そろってのバケモノ扱いはいったい何なんだ！　K子はだんだんムカッ腹立ってくる、これまでにMのトラブルで何だかんだと謝るのには慣れっこだ、自慢じゃないが警察署に呼ばれて調書を書かされたことだって1度や2度じゃない（確かに自慢する話じゃない）、見た目ほど（かどうかは知らないが）子供を叱れないヤワな親じゃない、毎日鬼の母やってんだ、修羅場なんぞ数々くぐって来てんだ、ナメたらイカンぜよ、イザとなりゃあタンカの一つも切ってやろうじゃないか！　おっとっとぉ、夫は東映任侠映画のファンだ、元お嬢様もすっかりその気になっている、いや本性が目覚めたか、快感だ、声に出して言えないのがすご～く残念！まあお叱りはごもっともだし、皆さん自閉症のことなど知る由もない優秀な先生方だからね。「今後よくよく注意してください」「申し訳ございませんでした」、死刑台のエレベーターに乗せられた気分でその日はすごすごと帰ってきた。

そうやってともかく1学期は何とかやり過ごした。長い夏休みを好き勝手に過ごしたのだから、2学期は新たな気分で行くかとK子は多少期待した。

始業式の日、重たいカバンを何個か引きずった重たい足取りのMに、校門までと思って後ろからついていったが、手前でウロウロ行ったり来たり、そこには明るく元気に登校してきて校舎に吸い込まれていく大勢の生徒たち、でもMは中に入れない。ここはMにとっては明らかに不似合いな場所だ、無理やりこの中に放り込むのは酷だ、K子はやっと悟った。「きょうはもう帰ろう」、Mを促し、重いカバンの1つを持ってやって学校を後にした。

これが長い長〜い本格的不登校の始まりだった。

そんな薄氷を踏むような日々を送るうちに2年生になったが、1学期も不登校のまま終業式を迎える前日の夜、急に古いノートなどを片付け始めたかと思えば、「あしたの終業式には行く」、えっ、一瞬信じられない、「みんなに会ってみたい」これはもっと信じられない！　Mからこんなセリフが聞けるとは‼　不覚だった、そんなフツーっぽい気持ちを持っていたのか、K子は心打たれて泣きそうだ。

気が変わらないことを願って迎えた当日朝、久し振りにタンスから出した制服は、うわっ、ウエストがきつくてまるで閉まらない、丈も短くて足首丸出しだ。不登校のダラダラだらけた生活で体は小枝から丸太ん棒になり、身長もいつのまにか母親を越しそうだ。あぁ、せっかく行く気になったのに、制服のせいでダメだなんて、またまた不覚だ、母親失格だ、何やってるんだK子、今度は情けなくて泣きそうだ。「うっかりしていてゴメンね、9月からちゃんと合う制服を用意しようね」、素直に謝ったら、Mも素直に納得してくれて行くのをやめた。でもこれがMの長い人生における最初で最後の制服となったのだった。

結局その後も不登校のまま、いよいよ猶予の時も過ぎたのか、2学期が終わるころ学校に呼び出された。厄介者はさっさと追い出したいらしい。Mは学校拒否、学校はMを拒否だ。Mには前日それとなく、学校から転校するように言われるかもしれないと伝えた。「ボクは○○中の生徒だよ、追い出すなんてひどいよ！」、こんな反応するなんて思ってもみなかった！ この子にもちゃんと心がある!! K子はまたまた泣きそうだ、感動と切なさと後悔と情けなさと、いろいろな思いが溢れてグシャグシャだ。変則的変化球ばかりだけど、アンタだってそれなりに成長しているのよね、すっかりデカくなったから直接というのもちょっと、だから心の中で精一杯ぎゅうぎゅうにMを抱きしめてやった。

予想どおり、ついにきっぱりと、転校するよう通告された。判りましたと言ったうえで、せめて最後に親心の精一杯の発露と思って、昨日のMの言葉を伝えた。すると学年主任の若い男性教員、担任したクラスは有名難関高校への進学率が常にトップとかで、教育熱心な親たちから絶大な人気と信頼を得ていると聞いていたが、「アイツにそんな人間らしい気持ちあるんですかね」と言い放った。K子は心底ぶっ飛んだ、アイツ呼ばわりか！ 陰で言うのは自由だが、親に向かって平然と言ってのけるのか、おまけに親が我が子可愛さに作り話をしているとでも言いたげだ。親子ともまともな人間扱いするに値しないという態度、これが人気教師の実体か、まあ上から目線にはだいぶ慣れてはいたが、このセリフは今ならモラハラだ、こっちもモラハラで返してやる、〝オマエごときが何様のつもりだ！〟、モラルをちゃんとわきまえたK子だから、もちろん声には出さなかったけど。

〝こんな学校なんぞこっちからケツまくってやめてやる！〟夫仕込みのセリフもだいぶ板についてきた、もちろん声には出さなかったけど。ともかく顔だけ神妙なフリこいて転校を承諾した、フン、可哀そうな母の演技なんぞ今のアタシにゃチョロイもんよ。

夫に事の顛末を告げたらどうなるか、イザ！　腹にサラシ巻いて刀差し込んで、あ、どっちも持ってないか、ならばアルマーニの上下に頭にはボルサリーノ、ってマフィアじゃないからこれもない、ともかく殴り込みかけそうだから詳細は言わずにおこう。K子にしても、アイツ呼ばわりには心底腹が立って悔しくて情けなくて悲しすぎて、口に出したくもない、とりあえず今の学校をやめることだけは伝えると、「そーか、それでいいんじゃないの」あっさりだ。幼児期に自閉症だと告げた時と同じだ、プロセスがない！　でも実際には夫の方が早々に、いわゆるフツーというのはMには無理だと悟っていたようだ。が、育児に消極的だった負い目とか、夫に頼らず突っ走るK子に何か言ってもムダだとか、夫なりの思考プロセスがあって黙っていたらしい。思っていたならその時言ってよね、ん？ Mにいつも言ってるセリフだったっけ。

確かにこれまでK子はいろいろ普通のことをMに覚えさせてきた、Mも覚えてきた、ように思ったが、あとから思えば相当無理があったのだろう。小学校入学時に、普通校が難しくなったら特殊へ変わると宣言したその時が、中2までずれ込んだわけだ。アンタには何もかもワケ判らないまま振り回しちゃってゴメンね。K子は後悔の念とともに、これからは気負うことなく、明るい展望を持って新たな世界へMを連れ出そうと決意、そしてついに普通校の世界とオサラバしたのだった。

第五章　存在しているけど不存在

脳内が行方不明だ

　K子は若いころからド近眼で目が疲れるせいか、あまり本を読まない。少女時代も乙女チックな恋愛小説にはほとんど興味なく、せいぜいムー大陸の秘密とかコロンブスの手紙とかゴビ砂漠の探検記とか、色気のない本ばかり選んでいた。これじゃいかん？　で、たま〜に『嵐が丘』だとか『若きナンタラの悩み』だとか手にしてみる。読み始めてもまるで興味が湧かない、だから何なの？　これが世界的名作なの？　当時はまだ自分がフツーじゃないという自覚はなかったが、名作をつまらないなんて人には言わない方がいい、ぐらいのことは察して、本に関する会話をするのは極力避けてきた。

　もともとそんなだし、不登校やら問題行動やらフツーじゃないMとのイクサ続きで本どころではない。それでも新聞だけは頑張って読み続けていたのだが、ある時『彼らの流儀』

というコラムが始まった。筆者は沢木耕太郎、あっ、あの『深夜特急』の人だ、いつか読みたいと思っていた本だ。コラムなら短時間で読み切れる、いつも次回が待ち遠しかった。ある日のタイトルは『ミッシング〈行方不明〉』、海外旅行中の息子が突然消息を絶ち、ほんのかすかな手掛かりにも必死でしがみつき、何年もかけて手を尽くして行方不明になった息子を捜し続ける年老いた父親の話だった。

突然のナゾの失踪、行方不明、か……Mの場合はいなくなってても毎回その日のうちには帰ってきた。この父親はどんな思いで息子の長い不在に耐えているのだろう。我が家の特殊事情とも相まって、短い文章なのにずしんと全身に響く、久しく味わうことのなかった読み物から受ける感銘、椅子に深く沈み込んで目を閉じる。行方不明……脳の奥で遠雷が聞こえる、行方不明、行方不明……だんだん近づく、そしてバッシーン!! K子は最大級の稲妻に打たれた、腰が浮くほど弾かれた。そうか！　Mは生まれた時から脳内で迷子になっている、体はそこにあっても脳内が、心が、いつも行方不明なのだ!! 不思議の国からきたMの、解明不能な正体が、いま新たに見えてきたのだ。でもあの時、自閉症と確信したあの時のように、頭は真っ白ではない、むしろ雲間がスーッと晴れて視界がサーッと開けたのだ！

あの老父にとって息子の肉体は不在だ、でも心までとは思っていない、自分はこんなに一心に息子を捜している、息子にもこの思いは通じているはずだ、きっと父のもとに帰ろうと思っているに違いない。普通の人はそうした見えない心の通い合いを容易に想像できる。Mの場合はどうか、体はいつもそこに存在している、でも普通の人間に理解できる心はそこにない。体が今そこにいないというのが不在だ、だからMの状態は不在ではない。ではどう言えばいいか、そこにいるけどいない、存在しているけど不存在、そうか、Mには〝不存在〟がピッタリだ、普通の辞書に載っているかどうかは知らないけど、Mはこれだ。

そうだ、いつかMのことを本にしよう……落雷後の雲間から射す光の帯に、文字がスーッと降りてくる――**『行方不明のボク』**――あぁこれだ、これがタイトルだ！　それはまさに、未踏の領域と日々格闘するK子への天からのご褒美のようだった。

そういえばあの時もイナズマが走った、Mが鏡の前で自分が何者かが判ったあの時だ、Mの全身はパアッ〜と光輝いていた。そして今、このタイトルが放つのはまだ深く静かに潜行するほの暗い光、でもいつかそれが輝く日が来るのを信じたいK子だった。

迷宮で迷子になる

以前から問題行動などもあって児童相談所とは関わっていたが、中学校からの指示で改めて教育相談を受けることになった。もし普通校以外の特殊教育に変わるとしたら、まず障害の種類や等級を判定してもらって療育手帳というものを取得する必要があるとか、考えてみればK子は自分でMを自閉症と判断したので、専門家とか専門機関によってきちんと診断を受けたことがなかった。

児相（児童相談所の略称）へいくと、Mは知能検査を受けるために小部屋に連れて行かれる、あれっ？　ほんの数分で出てくる。「M君、まだ途中だよ、部屋に戻って」、でもヤダよと拒否、「きょうはここへ来たのも初めてだから、無理強いしないでおきましょう」、で2週間後くらいに再度日程が設定された。でもその日もはやばやと部屋から出てくる、職員が優しく入室を促す、K子も続ける、「ちゃんとやらないとダメでしょ」「この前もおんなじことやったよ、なんでこんなことやらなきゃいけないのよ！」、ん、それも一理あるか、そもそも判定とか等級とか手帳って何のために、誰のためにあるのだろう。知能検査の他にも、服の着替えとか歯磨きとかトイレとか、だいたい半径5メートル範囲でのいわゆる身辺自立的なことに関して、こと細かな判定がされる。それがないと学校が決まらないって、何で？　K子の脳内にハテナ印が揺れる。

その後何年も経って、K子はある事でヨーロッパの某国に行き、ついでに福祉作業所（といっても日本と違って工場のようなスケール）を何人かで見学したことがあった。そこで同行した障害当事者の方が等級とか手帳のことを質問した、すると所長さん、欧米人がよくやる両手をちょっと前に出して首をかしげるポーズで「何だそれ？」、そんなものはない、この施設を利用するには関係機関職員が5人ほど集まり、希望者がどんな状況の人か、今何に困っているかなどを聞くだけ、という説明、とてもシンプルだ。実際そこには障害の種別も等級も関係なくいろいろな人が来ていろいろな作業をしているようだった。障害者手帳などなくても福祉が回っている、人に制度を合わせるという発想だ、対して人が制度に合わせないといけない日本、真逆だなぁ。

とにかく日本社会はほとんどのことが、上で決まっている、今までやっている、みんなやっている、で動く。でも〝上〟とか〝今まで〟とか〝みんな〟とか、すごくあいまいだ、でもそれが絶対だ。K子は根が真面目な自称〝根マジメ人間〟だ（不マジメではない！）、つい物事を根本から考えようとする、するとハテナ心もいろいろ生じてくる、口に出せばヒネクレ者、ハミダシ者になってしまう。まして自分の問題児をさておいて理屈こねるのはマズイとは思う。特に専門職のまえで親が何か考えを述べたりすると、親がおかしいから子供がおかしくなる、我が子の障害を認めないダメな親、といった烙印を押されるらしいことが、今でいう〝空気読めない〟K子にもだんだん読めてきた。黙っているか、何も知らない愚かな母です、どうかご指導ください、これが障害児の親の正しい態度、らしかった（今は違うと思う、願望を込めて）。

話をMの判定に戻そう。ともかくここは日本だ、本人はともかく親は素直に従わないと今後何かとマズイことになる、K子はハテナ印を引っ込めた。

「M君凄い、図形とか数字の問題はあっという間にできちゃいましたよ！」、担当の職員は意外だとばかりに少々興奮ぎみだ。今では自閉症はできることとできないことのバランスが極端に悪いということが知られるようになったが、当時は専門機関でもMのようなタイプは珍しかったのか、知的障害はもっと差別的な用語で表され、何もかも劣っているとみられていたからか、障害児が健常児と同じことができるのは驚きだったのだろう。

ともかく検査を全部やらなかったので「判定不能」という判定?! が記され、半径5メートル程度のことはほとんどできるせいか、一番軽い等級で手帳が交付された。日本人だからこれでいいのだ、なのか?

次は否応なく具体的に学校選びへと事が進む。「M君はしゃべれるし能力も高いからいきなり養護学校じゃ勿体ないしかわいそうだよね」、親も当然そう思っているはずだというニュアンス、でも何がどうモッタイナイのかカワイソウなのか、障害児に対する教育システムがまだよく判っていなかったK子にはピンとこない。ともかく児相の職員の車でまずは普通校に設置された特殊学級を何校か見学することになった。

最初の学校へ到着していざ中へ。授業中らしくて広い校庭には誰もいない、その先には横に長く伸びた校舎がで~んと建っている。Mは校門から2~3歩進みかけてチラッと前方へ視線を動かしただけで立ちすくんでしまった。学校というイヤなイメージがよみがえったのか、職員に促されてもしゃがみ込んで動かない。K子には1年の2学期始めに校門まで行ったけど中に入れなかった可哀そうなMの姿がよみがえる、今思い出しても胸が痛くなって泣きそうになる、学校そのものへの恐怖感や拒否感が強いのが判る、もう今までみたいに促すのはよそう。「何だか圧倒されたみたいでここは無理だと思います」ときっぱり告げた。職員はちょっと残念そうだったが、次へ向かう、でもMはもう車を降りようともしない、そこもその次も素通りして最後は養護学校へ。普通校と違って小規模で威圧感がなかったせいか、Mはのっそりと車から降りてきた。教室もこぢんまりとしている、安心したのかMは案内に従ってひと通り見て回ることができた。K子もここなら大丈夫かなと思ったが、まずはMの気持をよく聞いてからだ、1日かけて案内して下さった職員には申し訳なかったが、その日は結論を出さなかった。

どうやらこの世界にも、普通校→特殊学級→特殊学校・養護学校（呼称は当時のもの）というようなヒエラルキーがあるらしい。養護じゃ勿体ないしかわいそう、とはそういうことか、K子はまた心底驚いた。東大が一番、続いて京大、早稲田、慶應、なんていう序列思考は、障害児が通う学校にまで波及しているのか、人間なんてどんな世界、どんな分野でも一緒だな。

序列なんてどうでもいい、この世界のジョーシキも世間の目も関係ない、ともかく本人が行く気になるなら、たとえそこが最下位だって上等だ。K子はMの側に立てたことがなんだか嬉しくて胸が熱くなった。中学校に対しては、当分休ませるけど義務教育中なので方向が決まるまでは学籍を残しておいてくださいと、今までの哀れな母の仮面をはぎ取って強気で要望した。

児童相談所、略して児相、初めて聞いた時は、ん、自走？　自力で頑張れってこと？なわけなかった。学校が決まらないでいたある時、その児相の担当職員がおっしゃる、「M君、ぼしたん、やってみるか」、えっ？　ぼ、ぼした、ん、ん？　聞いたことない、ひぼたん？　緋牡丹?!　そんな、まさか。ここはお堅い公的な場所だ、任侠映画大好き夫は引っ込め、緋牡丹、なわけないよ、アハハ！　可笑しさを必死でかみ殺し、ナゾが解けないまま、ハイそうしますと指示に従い、出された説明書に目をやる。「母子短期入所のご案内」ふむふむ、母子を対象とした宿泊を伴う障害児への療育・訓練か、なるほど、そういうのがあるのね……あぁあ〜〜っ！　そーか、そーゆーことか、母子短期入所、略して母子短か！　児童相談所は児相、これがこの世界のジョーシキなのね、アハハ！　脳内駆け巡る自走も緋牡丹もひた隠し、ここは演技ではなく、まっこと真面目な母親顔で書類に必要事項を記入、こうしてK子はこの世界、というか業界、いやギョーカイに、まあそのアヤシイ響きは脳内にひた隠し、そろりと足を踏み入れていくことになったのだ。

いよいよ母子ともに初体験の母子短だ、日程は3泊4日、場所は県立の某センターか、こういうものはだいたいたい人里離れた所かと予想したら、まったくその通りだった。指定された着替えやら何やらに名前を記入し、大きなバッグに詰め込んでと……。

そういえば、小学校6年のころにはもう迷子の心配もなくなり、何かあったらそれまでと覚悟して母子で泊まりがけの旅行を決行したっけ。時刻表調べたりホテルを予約したり、K子は若いころから一人旅派だからそういうのは慣れている、夫、つまりMの父親はそういうの苦手だからパス、アラヨッと駆け出す江戸っ子にはのんびり列車に揺られて乗り換えてなんて「メンドクセエ！」なのだ。そのうちMの好きな特急列車やブルートレインを選んで九州や四国にまでも行けるようになった。夫には「明日から長崎、2泊だから」「あ、そお、行ってらっしゃい」、プロセスなし、長話無用な人だからこれでいいのだ。そんな嬉しい楽しい旅行のお供をした大きなバッグが、緋牡丹、じゃない、母子短とやらで役に立つとはなぁ。

電車やバスを乗り継いでやっとこさセンターにたどり着く。会議室には6組の親子が集まり、すぐに子供たちは別室に連れて行かれる、親たちには何枚かの書類が渡される。ここにいる間の注意事項、持ち物は自分で管理してくださぃ、お互いに仲良く過ごしましょう、など極めて常識的なことが書かれている、ようにしか思えないが。それから延べ4日間のスケジュール表、チラッと見たら栄養指導の文字、ん？　今さら親に？　どうやら親もここでみっちり指導されるらしい。うゎ〜何なんだろう、のっけからの迷宮、胸騒ぎのラビリンス、でもたった4日だよK子、ここではヒネリ心もハテナ心も封印すべし、ともかく無難に過ごすべし、だ。

さっそく母子別々のプログラムで親たちにはあの栄養指導だ。食事には3大栄養素があってそれらをバランスよく摂りましょう、さらに献立例や食事のさせ方云々、K子は正直イラついてきた、でもみんな神妙そうに聞いている、ようだな、抑えろK子。それから親子での体育プログラム、体のバランス感覚を養うとかで、母子密着しての訓練もある。みんなまだ小学校低学年でウチだけ中学生か、K子は目線の高さも同じ位の息子にちょっとためらう、Mもイヤそうだ、フン、て感じで部屋から出ようとする。「お母さん、ちゃんとやってあげなきゃM君が可哀そうでしょ！」と職員の怒声、う〜ん、年齢も個々の障害特性も違うのになぁ……。

子供たちの就寝後は親たちのフリータイム、炬燵のある小部屋にみんなで集まる。障害児の親同士、同じ釜の飯同士、お互いに初対面だけど、注意事項で指摘されなくたってすぐに打ち解けた。さっそく栄養指導への不満、「障害児の親は栄養のことも知らないってバカにしてる、ウチ子供3人いるけど他の子はまともに育ってるわ！」、これは極端な偏食でやせ細っている子のお母さん、栄養云々以前に食べること自体に意欲がなくて困っているのだ。ハテナはK子だけじゃなくてホッとした。それにしても健常の子も育てているお母さんは強い、K子にはその経験がないから、躾が悪いとか言われても返す言葉がない、M1人に賭けたのは間違いだったか……。

そんなこんなで盛り上がっていた最後の夜、扉がガラッ、「○○さん（K子の苗字）、M君が熱出したの知ってるんでしょ、さっき1人でコップ持って流し場に来て水飲んでましたよ、可哀そうに、我が子をほったらかしてこんなところで騒いでどういうつもりなの！早く部屋に戻ってしっかり抱きしめてあげなさい、死んじゃったらどうするの‼」まくしたて終わるや扉をビシャ！　ベテラン職員の言動にみんな一瞬静まる、K子はとりあえず様子を見に部屋を出た。Mは半分寝ていたらしく、「大丈夫、もう寝るからお母さんはあっちの部屋に行っていい」と面倒くさそうに言う、つらかったら呼んでねと伝えて部屋に戻っていきさつを報告、みんなはまた盛り上がる、「Mクンしゃべれるし、1人で流し場まで行ったんでしょ、死んだらどうするってオーバーだよ」「ウチの中学生のお兄ちゃんなんか抱きしめたら突き飛ばされちゃうわ」、K子が抱いたもろもろの違和感が共有できてまたもやホッとする。

一緒になった6人は年齢も障害特性も違う。食事を受け付けないAクン、何日も同じ服しか着ないで洗濯もさせないBクン、自傷行為が激しいCクン、Mの場合は自立度が高いので身辺処理的な指導訓練は不要だが、社会的トラブルが絶えないことで困惑している。そんな風にお互い短期間でそれぞれの問題点や困りごとを少なからず理解し共感し合えた、何でも十把一絡げの指導は違うよね、で一致したのも大きな収穫だった。みんなそれなりにプロだ、背中に緋牡丹だ、もうボシタンはいいかな、Mはどう思っていたのか、自分からは何も言わないし、K子も聞く気がなかったから判らないけど。

ハミダシ者の行く先がない

あっというまに中学は不登校のままで終わり、このギョーカイのジョーシキに逆らって高等部は最下位に位置する養護学校に決めた。ここには早い人ですでに小学部から通ってきている。お母さんたちの多くが子供を送り迎えするため毎日顔を合わせている、全体の生徒数が少ないから他学年の親同士でも顔見知りという感じだ。K子はもともと一人が苦じゃないし自称ハミダシ者だから、話し相手がいなくてもどーってことない、でもみなさんご親切、というか興味津々なのか、新参者にいろいろ話しかけてくださる。「中学校はどこだったの？　どんな障害なの？」「しゃべれるし能力高そうだから○○ちゃんより上か、□□クンと同じ程度かな？」「黙って立っていればアイドルだね」、さらには「教育実習にきた学生さんかと思った」「新卒の若い先生かと思った」、そ、そんな、まあ悪い気はしないけど、そのうち本性現して驚いたって知りませんよ。

そんな品評会（?!）に遭遇しても、〝そーゆーの興味ないです〟オーラを出してテキトーに聞き流すとして、参ったのは教職員評価だ。〝そーゆーの自分で判断します〟オーラを発するのだが、同意を求められるたりするとちょっと、いやすごく困惑する。実際井戸端会議で、あの人はやる気ないとかいい加減だとかボロクソ評価の先生が、実はMと（実はK子とも！）相性バッチリだったりする。でも新参者のくせに価値観が真逆のことなど真面目に語ったりしたらマズイことになりそうだ、ここのラビリンス度はかなり高いぞ、もちろん親がみんなこうじゃないし、まだ先は長い、ハミダシ者の特性はひた隠しにしてうまく泳ぎなさい、ここで迷子になっちゃだめだよ、K子さん。

学年が上がるにつれ、運動会や文化祭といった行事も難易度が上がり、事前の練習に教職員は熱が入る、親も我が子の活躍や成長を目の当たりにできると期待している、らしい。Mはまるっきり無関心、K子はK子で、ここでのそういう行事って親を喜ばせるため？　と思ったりしてどこか醒めている、が、ハミダシ者だから黙っていよう。

そのころまたMの登校拒否が出てきた、ああここでもかとガックリ。でも休むパターンにふと気が付いた、だいたい行事の前あたりからだ。だいぶ後になって聞けば「練習が嫌なの」。小さい時からそうだけど、聞かれる前に言ってよね、だ。「運動会なんかおもしろくないよ、なんで必死で走らなきゃいけないの？」、児相での障害判定検査の時とおんなじだ、常識など知らずに本音を言うから実に判りやすい。「なんで毎日のように同じことやらされるの?!」、そう、Mはプロセス不要人間だ、練習なんて意味がない、当日ちゃんと走ればいいでしょというワケだ。自閉症の人が同じことにこだわるのはあくまでも自分がコレと思ったこと、興味のないことはどうでもいい、イヤなことで一番になったって嬉しくもない、そんなの当たり前だ。K子もヒネクレ者だから、ここでもつい一理あるなと同調してしまう。頑張りたい子は一番目指せばいい、走るのが嫌な子はテキトーでいいじゃないか、それじゃ親としてよくないか。

Mは聞けば答えるようになったから、ナゾの行動の理由が判る、良し悪しは別として。意味もなくパニクッているように見える自閉さんにも必ず理由がある、それがたとえ常人には理解できない内容だとしてもだ。言葉で言えない、あるいは小さい時のMのように言えても言わないだけだ。以上シロートK子のテキトーな観察と分析（もう30年以上前の話だ、今は研究も進んでいろいろ解明され、適切な対応法もとられているのだろう、きっと）。


高等部3年ともなると、卒業後の進路が親たちの話題になる。「Mクンは能力高いから一般就労でしょ、ウチはしゃべれないしなんにもできないから作業所だわ」、えっ、そーゆーもんなの？　こんなところにも序列ありなのか、一般就労→福祉的就労→通所施設→地域作業所→最後が入所施設、のような。で、卒業前に何度か実習とか職業訓練というのがある。学内だけでなく時には企業や福祉的事業所などが受け入れてくれて出向くこともあり、その実績などで進路が決まるから親たちも必死だ。

でもMはついに外部での実習を拒否、いや完全無視、「卒業したらウチで好きなことして過ごす、だからやらなくていい」って、それはさすがに困るが、卒業後の進路ってそんなに一大事なのか。親のミエなんかでムリしてもなあ、クールなK子も熱意がない。親子でそんなだから進路担当の先生もお手上げだ。親たちの井戸端会議では、Mのような能力高い生徒の進路を決められないということで、その先生が無能呼ばわりされているらしかった。K子はこのギョーカイの常識を知らないハミダシ者だから、そこまで気が回らなかった。先生、ウチのせいで評判落としちゃってごめんなさい、なのだった。

自閉症の人は集中すると高い能力を発揮するとか言われるが、人によって違うのが当たり前じゃないか。いわゆるプロのいう〝自閉症とは〟に当てはまらないことだってある。自分はMのプロだ、序列なんてMには通用しない、すぐに行き先が決まらなくたって人生は長い、そもそも親子でハミダシ者なんだからウチはこれでいいのだ、自分流で行く方が納得できるK子だった。

とかなんとかエラソーに言っても、Mはどんどん K子の理解を超えていく。声変わりしてデカくなった体が目の前を行ったり来たりしていても、頭の中はどうなっているのか、心の中で何を感じているのか、いや、感じているのかいないのかすら掴めない、脳内が行方不明そのものだ。この子のプロという地位も危うくなる、いや、とっくに限界だ。新たな展開を求めての転校は、Mにとって良かったのかどうなのか、後々小学校のことは卒業アルバムを見たりして話題にもするが、養護学校のことは何も言わない、たまに何か聞いても、わかんない、わすれた、で終わりだ、どーでもいい3年間だったのか。

ほとんどの生徒にとって養護学校高等部が最後の学校生活だ。我が子がすごく成長したと感謝する親もいれば、もっと充実した指導訓練をしてほしかったと不満を持つ親もいる。K子にとっては単純に良い悪いではなく、考えさせられることの多い場ではあった。知的障害といってもいろいろだ、職員も親もいろいろだ。理解度だって接し方だっていろいろある、自分と違う価値観に触れることにも意義はある。障害児に限定された狭い世界(迷宮!)とはいえ、迷い込むほどに奥は深くて広いようだ。皮肉めいてギョーカイなんて言ったが、一生抜けられないなら正面から堂々と進めばいいじゃないか、それがきっとMのためにもなるはずだ。ハテナ心も大事だが、素直な心も大事だよ、K子さん。

鏡の中に消えてゆく

小さい時の迷子騒動、ビルの屋上のフェンス歩き、そのたびにK子は、あぁ、きょうがMとの永遠の別れかと覚悟した。でもいつも何事もなかったようにサバイバル、涼やかな天使顔で母のもとに現れる。何があってもしぶとい、くたばらない、本性がつかめない、だんだん母の手を離れていく、天使顔もやがて大人の顔、いや悪魔顔になっていく。かつて夫が、パーツは完璧だが配線の具合が悪いと称したMの脳は、悪いというより狂っている、年齢とともに狂った方向で働いているのが顕わになる。

中学生になると幼児と反抗期が同居した状態、それに自閉症の特徴も加わってK子はますます戸惑う。Mは幼児期から丸くてクルクル回るものが好き、お絵かきは「8」の字から始まり、次はタイヤ、大小さまざま、色使いもカラフル、時には襖が無残にもキャンバスにされた。さらに次は歯車、三次元へと移行する、ミニカーなどを分解して中の歯車を箱に集めてニンマリ、最初から壊す目的で買うのでK子は少々うんざりだ。

大きくなるにつれて分解するものも結構本格的で値段もバカにならない。ある時、買う約束をしていたラジコンを前日のちょっとしたトラブルの罰にお預けにしたら、歩きながら大きな体をゆすって駄々をこね、そのうち泣きだす、何度も立ち止まっては買って買ってと大声で迫ってくる。みっともない、情けない、しょうがない、後日買う日を決めてその場を収めて帰る。夜になり、なにやらソワソワと浮かれている？「ラジコンの歯車が取れるのが嬉しくって寝られないの！」って、ちっちゃい子か、アンタの脳内の歯車はどうなってるんだ！　呆れるけど、幼児期にはキーキー叫ぶだけでこういう人間らしい会話がなかったからか、今頃になって正直可愛らしい、愛おしい。と思うのも束の間、すぐにまた別のナゾの行動に出くわしてワケ判んなくなる、そんなこんなでK子の脳内もMに引っ張られて配線がこんがらがってくる。

中学校で不登校に突入したころ、あまり暇を持て余してもよくないと、K子はいろいろ頭を巡らせた。まずは家事をやらせてみよう、将来役に立つかもしれないし、で、料理の手伝いはすぐ乗ってきた。風呂場をピカピカに磨く、網戸を外して洗う、などはお駄賃で釣ったからか、こだわりの集中力で予想以上の出来栄えだ。そうだ、以前からおやつは自己流で手作りしていた、この際、一緒に本格的なケーキ作りをしよう！

当時は今みたいにスマホもアプリもない、一冊丸ごとケーキ作りの本すら少なかったが、ちょっと奮発して大判のオールカラー本を選んだ。道具類を手に入れるのも結構大変だったが、あれやこれやとケーキ屋さん出来ます状態に整っていった。

まずはスポンジから挑戦だ。2人でキッチンとリビングを行き来しながら、こねたりホイップしたり段取りどおり仕込んで、さあオーブンへ。やがて部屋中いかにもケーキっぽいバターの香りが満ちてくる。甘～い匂いが嬉しさを増すころになると、さあ時間だ！

Mがオーブンを開けて落とさないように慎重に鉄板を取り出す、うわ～ぁ、きれいなキツネ色でふんわりふっくらだ！　スポンジはうまく膨らまなくて難しいと聞いていたが、そんなことはない、材料をケチらず分量を間違えなければ何回焼いてもふわっふわだ。あの片方の口角を上げたMのニンマリ顔も、ニヒルではなく普通の子供らしく嬉しそうにふっくらだ。

ある時、Mが突然1人で材料を測って手際よく仕込んで、あれよという間にオーブンへ。えっ、大丈夫か？　K子は毎回念のため本を開いて確認するが、Mはそんなことしない、スタスタのサササーッだ。あっ、アンタはプロセスのない人だったっけ、それでもうまく焼けている、フン、何だろね。

K子はホイップクリームデコレーションの技術もメキメキ腕を上げ、写真を撮って自己満足。凝り性のK子、こだわりのM、同じようなものか、だからか時に衝突する。K子は慣れてくるとその日の気分でアレンジしてルンルン、のつもりが、「本の写真通りじゃない！」、だんだんMのクレームが入るようになる。おいしけりゃいいじゃないと自分流のK子、おんなじじゃなきゃダメのM、さすが、じゃなくて、付き合ってられない自閉さんだ。「気にくわないから捨てる！」そうきたか、「世の中臨機応変てものがあるのよ！」キレるK子、Mはすました顔で平然とクリーム部分を流しに捨てる、で、スポンジを手でちぎってムシャ食い、人並みにもったいないと思ったかどうだか、K子は人並みにもったいないと思ったから、負けずに残りをぶん捕ってヤケ食い。そんなこんなで2人の体型もふくらんでゆく、何事もほどほどが必要なんだけどね。

そんなこんなのうちに親子ともケーキ熱が冷めていった。それにしても時間が経つのってこんなにゆっくりだったか、退屈極まりない。そのうちMは何を思ったか、一一〇番へイタズラ電話をするようになった。無言で切るのをしつこく繰り返したり、時には「お母さんが人を殺しました」なんて平然と言ったり、止めれば「止めるな！」と叫ぶ。ついに向こうから切羽詰まった声、「もしもしお母さん、そこにおられるんでしょ！　なんで止めないんですか、もうこの番号でかかってきても出ませんよ、本当に何かあった時に困るのはお宅の方ですからね」、お叱りは当然だ。K子はMのいないスキに事情を伝え、話し合いの上で当分回線を切ることになった。通じないのは困るが、今はMの蛮行で胃がキリキリするのを避ける方が先だ。

家庭内にとどまらず、一緒に出掛ける時も緊張しっぱなしだ。近所の人たちは、いつも親子で仲良く歩いている、と思っている、ようだが、実態は真逆だ。道路脇に止めた車や自販機を蹴っ飛ばす、止めれば止めるなの攻防戦だ。買物や外食の時も気に障ることがあるとゲンコツを出して脅す、うっかり注意もできない。そんなある日、先を歩くMが突然振り向いて「ウワ〜〜〜ァ!!」、ついに狂暴化したか、とっさに身構えるK子。「ハチだぁ!」逃げまくるM、なんだなんだ、狂暴化したのはハチのほうだった。この暴力男がこんなちっちゃなものに怯えているのか、緊張の糸が切れて吹き出しそうだ。天敵が判明して、K子はやれやれと救われた、束の間のことだが。

暴力を受けて育つ子は暴力的になるとよくいわれる。確かに幼児期から予想外の行動に悩まされ、夫は抑える役目を担い、時にはK子も我慢の限界に達してバシッと叩いたこともある。それで今になって仕返しされているのか、どうすればよかったのか。言葉での言い聞かせがまるで通じなかった、だから躾らしいこともできなかった、というのは言い訳にすぎないのか。

1人で出かけたからって気が休まるわけではない。行動範囲はどんどん広がって、時にとんでもない所からとんでもない苦情の電話がくる。宝クジ売場からは、小窓から手を突っ込んでクジの束を掴んで取ろうとするとか。驚いて叱った後のMの言い分にさらに驚く、「売場の壁に〝ここで出ました1億円‼〟て貼ってあるでしょ、だからボクも欲しかったの」、続けて「お金払って買うなんて知らなかったよ」、ガーン‼　社会の常識をこれほどまでに知らずにいるのか、絶望的で言葉も出ない。

K子はそれまで気が付いていなかったが、宝クジ売場だけでなく、知らないうちにあちこちで顔を覚えられているようだ。こんな子をほっとくな、1人で来させるな、ちゃんと躾しろ、お叱りはごもっともなのでその都度ひたすら謝る、が、大きくなったMは小さい時と違って、何を言っても「止めるな！」と反撃してくるのでお手上げだ。

悪魔もここまでとは予想していなかった。Mは生まれ出た時から自分だけが頼り、常に自分にとって快か不快か、適か不適かだけで生きている、その感覚が成長につれてどんどん増幅する。やっていいことと悪いことの区別もない、人としてすべきこと、すべきではないことなんて関係ない、社会のルールも常識も眼中にない。おまけにK子には男の子のことがよく判らない。やがて暴力、触法的行為も出始める、黙って立っていればアイドル系だとか、国内外のカッコいい俳優に似ているとか言われたのは、まだK子にとっても夢見るころだった。美形（今でいうイケメン）なんて何の救いにもならない、かえって切ないばかりだ。

でも時には一方的に怒るだけでなく、Mのことも育てる親の大変さも理解しようとしてくださる方々もいらっしゃる。ある時デパートの屋上にあるゲームコーナーに一緒に行こうというので付いていくと、そこの店員さんに声をかけられた。「こんな小さい時から（と片手を下げて）よく来てますよ」。そうだったのか、「すみません、ご迷惑をお掛けしていると思います」「そんなことないですよ、もうお馴染みさんですよ、ただこのところちょっと荒れてきたかな」、親よりもちゃんと観察してくださっている、頭が下がる。どうやら思うように大当たりが出ないとゲーム機をゆすったりガンガン叩いたりするらしい。「これからもっと大変になるでしょうけど、もともといい子だから大事に育ててあげてくださいね」

なんて、K子は自分が親にあやしてもらっている子供になったようで泣きそうになる。委縮しきっている時にこうした温かい言葉が聞けるのは本当にありがたく、心に栄養ドリンクが沁みわたるように、少しずつ元気を取り戻すのだった。でもやがて興味は子供相手のゲームコーナーから大人相手のゲームセンターへと移り、そこではさらに緊張感を強いられる日々が続くことになったのだ。

　もともと友達を作ることもしないから、同年齢の子たちから情報を得たり共感し合ったりすることもない、社会性が育たないのも無理はない。何かトラブルで捕まると必ず共犯者がいると思われる。そのやり口が普通では予想できない場合など、常識的なお巡りさんたちにはとても単独犯と思えないのだ。Mは自分で思いついたことが嬉しいから悪びれることもない、おまけに捕まってもいつもお母さんが呼ばれて許されると学習してしまった。K子は、障害児だから許してほしいなどとはまったく思っていない、だから自閉症の説明もそこそこに、ともかく罰を体感させないとだめなので留置場に留め置いてください、と懇願したこともある。これには警察の方が意表をつかれたか「それはできませんよ」、ヘンな親だと呆れてもいるようだ。K子の切実な願いも空しく、ともかく親子で怒られて（Mにはまるで自覚なし！）謝って帰るという繰り返しだ。

帰れば今度はK子がガンガン怒る、怒られる理由がピンときていないから言葉は脳内素通りだ。不快な顔、悔しそうな顔、そのうち怒りの顔になる、時に反撃に出る。好きなことをして喜んでいるように見えたけど、後から思えばたった一人でワケ判らずに混乱し苦しんでもいたのだろう、可哀そうなことをしたと悔やむ。Mはこれからどう育っていくのか、どんな大人になるのか。フツーからはどんどんはみだしていく、鏡の奥の不思議の国から悪魔がニンマリ手招きしている、お願い、そっちへ戻らないで！

思春期という迷宮

自閉症だからといって思春期と無縁なことはない。でも当時のK子はそうしたことにあまりにも無頓着だった。母親だから男の子のことがよく判らない、だけではない。思えばK子の両親は基本的に子供たちを男女で区別することはなかった。当時としては珍しかったようだが、日頃から家では人間としての生き方のようなことは話題になっても、ことさら女の子だからどうこうと言われたことはなかった。だからMのこともずっと一人の人間としての視点で接してきた。自閉症のことは常に気にかけていても、男性性を持っていることを意識しないままその年齢を迎えていたのだ。

ある時、よく行くスーパーの警備室というところから電話があった。金銭トラブルかと弁償を覚悟で出向く。いつもの買物とは違って裏側の小さな扉を押す、小部屋に通されていつものように身構えて判決が下るのを待つ。「レジの1人の若い女性がお宅の息子さんのことですごく困っているんですよ」。警備主任さんの口調は一応穏やかだ、お客さん相手だからか。「顔をのぞき込んだり、肩を触ろうとしたり、交代でレジから離れると付いて来たり」、えええ〜〜っ?! 青天のヘキレキとはこのことか、ドッカ〜ン!! ドス黒い悪魔の稲妻に射抜かれた。

今までのもろもろのトラブルでは、まさかウチの子が、と思ったことはまずない。一瞬驚いても、Mならありうるなとすぐ認めてきた。でも今回は本当に本当に不覚だった。性の問題など無いもののように蓋をしていたのだ。K子にとって初めての〝まさかうちの子が〟だった。その若いお嬢さんがどんなに不快だったか、いや恐怖さえ覚えたであろう。息子の行為を詫びるのは当然だが、自分の認識不足がつくづく申し訳なく、心底不明を恥じた。

そういえば以前別のスーパーでのこと、レジに並ぶ際にやたら周辺をウロウロしていたり、わざわざ長い行列のところに並んだり、普段なら自分が少しでも得になることしか考えないのに何なんだ？　そんな意味不明な行動が何回かあり、不審に思って聞いてみた。「○○さんのレジがいいの」、胸の名札の字が、ある駅の名前と同じだから判ったとか。学校の勉強はしないくせに自分が興味あることはいつの間にか覚える、電車も好きだから駅の名前は親よりよく知っている。こういうところは典型的な自閉さんだ。

話がそれたが、すっかり顔なじみになったその人がある時、「家庭の事情で今月いっぱいでやめるんです、いままでご来店有難うございました」とご挨拶された。「○○さんやめちゃうのかぁ」、Mは相当嘆いていた。人に対してこんな感情を持つなんて、K子はちょっと驚いた、が、その人はほっそりとしてきれいな人だけど中年の女性だ。よくある年上の女性への憧れか、優しく声をかけてくれるのがよかったのか、でも恋愛感情ではないだろうな、K子は深くは考えずにやり過ごしてしまった。

それが今回は若い女性だ、周囲の目など気にしないから堂々たるストーカー行為だ。どうしたらこれ以上迷惑をかけずに済むのか。自閉症といっても自由に行動するスキルを持っている、持ちすぎている、だから絶対に1人で来させないようにする約束もできない、どうしよう。「警備室にはいろんなタイプの人が連れてこられるのでね、大変なのはよく判ります、協力して対策を取りましょう」、主任さんは元警察官で、今は定年退職後のお仕事だそうだ。いわゆる福祉のプロではなくても、現場感覚でいろいろ心得ていらっしゃるのか、すごく頼りになれる感じの人だ、緊張と驚愕で乱れきったK子の呼吸はすこしラクになった。

それにしても何てヤツだMは!! 怒りを極力抑え、相手が困っている、嫌がっている、とか必死で伝える。「あの人イヤがっていないよ」、あまりの真顔に戸惑うK子、「嫌だから警備員に相談した、だからお母さんが呼ばれて注意されたんでしょ!」「でもボクにはイヤだって言ってないよ」、あぁもう絶望的だ! 言葉で言われたこと、それも具体的なことしか通じない。Mは常に自分にとって快か不快か、適か不適かで生きている、自分はイヤなことは即ヤダ! と言う、配慮も何もない。だからイヤなのにイヤと言わないことなど考えられないのだ、〝察する〟とか〝裏を読む〟などまったくできない自閉さんだ。

抽象的な言葉が通じないことは、これまでにも多々経験済みだ。以前あることで「みんなが迷惑してるでしょ」と怒ったら、「みんなって誰のこと?」真顔で聞く、続けて「メイワクってどーゆーこと?」どーゆーことって、こっちが聞きたいよ! K子の脳ミソはいつも追い付かない。かつての「迷子ってなに?」と同じだ、とっさに返答のしようがない、いまだに腹立ちまぎれに普通の叱り方しかできない、もどかしい! 今回も結局怒りは自分に向けられる。

普通の子はどうしたら常識とか社会性が身につくのか。自閉症の特徴のひとつとしてよく社会性の欠如が言われるが、Mを見ていても、意識的に社会を拒否しているのではない、周囲に対して目、というか心が開かれていないのだ。幼少期から親に対してさえもそうだった、だから周囲を見て真似して自然に覚えたり身につけたりすることがない。

Mが〝フツーじゃない〟と判ったからこそ、少しでも普通のことを覚えさせなければとK子は必死だった。それも当時はまだ書物や専門家もごく少なかったこともあり、自分で観察し、分析し、方法を考え、自己流でやってきた。今となってはオウム返しではないしゃべり方、迷子にならないこと、などなど何も教えなければよかったのか、自閉症と判ったら早くから人里離れた入所施設へ入れていれば、何も知らず何も判らず社会的なトラブルを起こすこともなかったのか。

Mの脳内パーツは確かに問題なさそうだが、配線は機能不全としか言いようがない。だから結局どこにいても、内容は違っても、トラブルメーカーになっていたのではないか、そんなこと考えても今の窮状を救うのに何の助けにもならない。高等部卒業後の進路に熱心ではなかったツケが回ってきたのか、とにかくいろいろ、千夜一夜でも語りきれないいろいろだ。外の問題だけでなく家の中もメチャクチャだ。食事も睡眠もデタラメ、何でもジャマだと物は壊す、ゴミに捨てる、気に入らなければ暴力、生活が成り立たない。追い詰められた、万策尽きた、ついに施設への入所を決めた、それも遥か遠くのだ。

前もってK子はその施設へ手続きに行き、所定の書類何枚かに記入、押印、これでもう正式に入所が決まった。

これまで何度か短期的な施設利用はしてきた。多くの親がたとえごく短期でも、我が子との別れが寂しくて悲しくて泣くと言う。ふーん、それが普通なのか、帰ってくる日が判っているのに泣くのか。その感情がよく判らないK子は、親たちの会話を黙って聞いていた、皆と同じではない自分がバレないように。

でも今度は今までとは違う。期限を定めていない、先行きまったく不透明、そこでうまくやっていけるのか、一生そこにいるのか、家に戻れる日はくるのか……。帰りの列車に乗り込むと、もうこらえきれない、誰もいないボックス席を捜し、窓側に座って顔を真横にして外に向け、片方の手で頬を覆って景色を見るフリをするや、声が漏れてしまうほど泣いた。とうとうMは遠くに行ってしまう、まだ〝ハタチ〟だ、フツーの子なら巣立ちを祝って喜んで手を放す、でもMはフツーとは縁がない、それを知った日からこの子に賭けたつもりがこの結果か、第二の人生の道はここで断崖絶壁か、今までやってきたことは何だったのか、別れの悲しさより自分への悔しさ、何もしてやれなかった情けなさ、Mをこんな子に産んでこんな運命を背負わせてしまった申し訳なさ、クールなはずのK子が溢れる涙を止められない。

サヨナラおとおさん　サヨナラおかあさん
ボクはこれからどうなるんだろう
ボクはこれからどうすればいいんだろう
ボクはこれからどこへいけばいいんだろう
おかあさん　おかあさ〜〜〜〜ん！　ボクは迷子なんだよ‼

さよならＭ　さようなら　さようなら　行方不明のＭ
天使のようにふわっふわに可愛かったＭ
アンタはいつのまにかオトナの歳になったのね
もう母の手を離れて不思議の国へ戻ってしまったのね
生れた時からなんでも一人でトットコトットコやってきたＭ
アンタのことが何も判らない、だから捜すことができないのよ
ひどい母でごめんなさい　本当に本当にごめんなさい!!

第六章　行方不明の行方

文字どおりの不在

　あれから家の中がまったく静かだ。いつもリビングを行ったり来たりの自閉歩き、顔をちょっと斜め上にあげてクウを見つめ、こっちの世界の住人には意味不明の言葉を空気に向かってしゃべり続けるM、不意に正気に返って要求が通るまで大声でしつこく迫ってくるM、そのMが、いない、どこにもいない、静かだ。子供が成長したらこんなものだ、ウチもやっとフツーになった、フツーの障害児の親みたいに寂しくはない、その言葉はK子の辞書にはないから、だけどただただ虚しい。

　K子は母に、自閉症の存在を間接的ながら早くから知らしめてくれた母に、Mを入所させたことを何日か経ってから伝えた、悲しませまいと思って、ついためらっていたのだ。「そんなに遠くに行ってしまうなら、その前にしっかり会っておきたかった」、日頃クールで気丈なはずの母が、今まで見たこともないほどさめざめと泣いた。孫を不幸にしてしまってごめんなさい！ そっと見守ってくれていた母にもひどいことをしてしまった。これからいったい何を考え何を感じて生きていけばいいのか、Mどころか自分のことさえ判らないK子、この子を産んだ時の感覚、セミの抜け殻、そう抜け殻だ……。

ボヤッとするなK子、目を開けろ、水分補給しろ、羽根拡げろ！ かつて我が家に真の喜びは訪れないと覚悟した日もあった、その通りだからそれはそれでいい。でも地獄の底で這いまわる身にも、そこそこの潤いくらいならあっていいだろう、親が干からび切って命を縮めたからって子は救われない、ともかくこのままじゃダメだ。

そうか、Mのいない間にできることを、自分だけでなく他者のためになることも、目いっぱいやっておこう。歌ったり絵をかいたり旅行したり、好きなことはいろいろある、それに障害児者の親の会活動も大事だ。気が付けばもろもろのことで手帳はだんだん埋まっていく、ただ何をやるにしても〝Mに対して後ろめたくないか〟それだけは忘れまいと決めていた。ほぼ月1回ペースで面会に行く際にも、前後にちょっとした一人旅を楽しんだりもした。疲れた母が生気を取り戻すのも間接的には息子のため、とか思って。勝手すぎる言い訳か。

これまでもMのことを観察していて、K子はふと自分の子供のころを思い出すことがあった。いまは緊張感を強いられることもない、時間に余裕もある、脳内のスクリーンにかなり鮮明にいろいろな昔の自分が映し出される。

Mが幼児期に見せた異常なほどの記憶力、実はK子も記憶ものは得意だった。子供のころ、お正月にはいつも家族で百人一首をやっていた。末っ子だったけど小学生の高学年ころには兄姉に負けまいと意味も判らず音だけそらんじてどんどん覚えた。トランプの神経衰弱も得意だった。記憶力のおかげか成績は良かった。何かをベタな状態のまま覚えるのはMと同じだ。ところが高校に入ると数学が脳にスーッと入ってこない自分に気が付いた。通知表に初めて「3」が付いた、思考が発展しないということか。

K子は子供のころから怖いもの知らずとかオテンバとか言われていた。当時の実家周辺はまだ森や田畑がいっぱいの〝兎追いしかの山　小鮒釣りしかの川〟だった。庭の木だけでなく、そこら辺の木々もてっぺんまでスルスル登った。姉たちはそんな妹を見ているだけで怖がる、K子はますます得意だ。枝が折れる限界など本能的に体得していたのか、落ちたためしはない、だからMが小学校の校庭で高い木に登っても、キャーッとも思わなかった。小川などはちょっと遠くの方から駆けてきてピョ〜ンと飛び越える。この幅は大丈夫か危ないか、ナゼか瞬時に判る、だから落ちてびしょ濡れなんてならない。一緒にいる友達が怖くてできないのもK子には快感、なんだMと同じだ。

小学生のころ仲良し3人組がいて、家の中の遊びに飽きると外に出かけた。だいたいはお互いの家の周辺だったが、K子は時々冒険したくなる。「もっとあっちの方へ行ってみよう」、最初は楽しそうについてくる2人だが、K子があまりにどんどん進むので2人はだんだん心細くなってくる。「こんなところ来たことないよ、迷子になっちゃうよ、帰れなくなったらどうするの」ごちゃごちゃ言い始める、それもそうか、日も暮れるし、K子も気が付いて帰ることにする。2人の心配をよそにK子は迷うことがない、ことさら用心深く意識しているわけではないけど、ちょっとした木々の枝ぶりとか、小川や農家の屋根などの特徴をいつの間にか覚えているからだ。そうか、あれはMのマンホールのフタや人家の換気扇、工場のタンクやバルブだったのか、帰巣本能というヤツか。Mは自分が迷子だと思っていなかった、実際滅多に迷子にならなかった、そういうことか、自分と同じだ。Mの迷子のナゾが解けていく。

いろいろMがらみで思い出してみると、K子も相当ヤバイ子だった。遺伝なのか障害なのか、半生を振り返ってみるとフツーじゃないエピソードが数々思い出せる。いまの小学校なら問題児扱い、発達障害とか言われるだろうな。そういえば大学時代もそうだ、新入生で某クラブに入った時、男子部員がひそかに〝3奇人〟というのを選んでいて、女子ではK子もその1人だったのだ。それを知った時はイヤだとか不愉快だとかではなく、ただただ心底意外だった、自分はごくまともに育ったごくまともな人間だと信じて疑ったこともなかったから。

K子はその時初めて、というくらい、自分が他人からどう思われているかということを意識しないといけない、らしい、ということを学習した、ようだった。今でいう〝空気読めないヤツ〟そのものだったのだ。これまで自分流で過ごしてきてしまい、知らずにご迷惑をお掛けした皆さま、ごめんなさい、といまごろ気付いても遅いのだった。そういえばMも養護学校で、能力は高いのに扱いにくい生徒ワースト3だったらしい。親子ともどもすみません、いまごろ謝っても遅いか。

思い出すほどにK子はMだ、MがK子か。こうしてMの不在は自分をも振り返り見つめる機会となった、有難い時間だと前向きに捉えよう。自分もどこか配線が狂っているとしたら今さらしょうがない、それはそれとして、せめてこれからはもっとMへの理解を深め、対応に気を配るようにしよう。第二の人生での賭けがうまくいかなかった母のせめてものお詫びだ。しんみりと、神妙に、時にしみじみ……そうだ、こんな親子を映画にするとしたら……Mは断然トップアイドルのSしか浮かばない、自分の役はちょっと不思議っぽいあの女優だ、おっと、夫も脇役、いや準主役か、ならば渋い二枚目のHだな、ついでにMが中学の時、腕組みして女優然と近づいてきた女性教師、それとMをアイツ呼ばわりしたモラハラ人気教師も登場か……深刻な場面でそうやってすぐ横道にそれる、迷路にはまるK子、根マジメ人間らしくちゃんと黙考しなきゃ、だっけ。

他人の釜のメシ

施設に入ってからすぐには里心が付くからと面会禁止だったが、数か月後に解禁になった。久し振りに見るMは頰がこけ、眉間にシワを寄せた顔で現れた。〝変わり果てた〟とはこのことか！　一瞬たじろいだ。でもこれは規則的で健康的な生活を送っている証拠なのだ、だから可哀そうと思う心は封じ込め、夫とともに1日外に連れ出して楽しく過ごそう。マックやらなにやら食べまくり、テレホンカードを許可された枚数目いっぱい、さんざん柄を選んで買う。「寂しくなったら電話したいから」、寂しいだなんてMの辞書にはちゃんと載っているのか、意表をつかれて胸が詰まるK子。そんなであっという間に戻る時間だ、別れは人並みに切ない、何しろ遠い！　1日の外出に最低1泊がかりだもの。

電話も曜日を決めてできるようになり、帰宅数日後に早速かかってきた第一声、「次からお父さんは来なくていい」「どうして？」「怖いから」、そうかよ、拒否されて嘆くよりホッとする遠方旅行ノーサンキューな夫、まあ、あんまり父子関係は良好とは言えないしな。幼少期から突拍子もない行動をやめさせるには夫の力が必要だった、でも独特の感性で結構楽しいことを提供してくれる面白いお父さんでもあったのだが、Mには怖かったことの方が残ってしまっているのか。宿命とはいえちょっと切ない。後日の電話では「お父さんの分の交通費やホテル代が勿体ないから」、グッ、そうくるか、「家計の心配してるのか、ありがてぇヤツだな」単純に喜ぶ夫、だからまあいいか。

夫はMとK子の会話を聞いていて「アンタよく聞き取れるね、時々オレにはさっぱり判らねぇ」だと、そんなだから以降はK子だけで行くことにする。次回の面会日を決める電話でも、お父さんは来なくていいと念を押す。「タップリ仕事させてあげたいからいいの」、ん？ 真意不明、「お父さんの分のお金はボクの将来のために貯めといて」、結局これが本心だ、自己中のアコギ野郎だ。夫が聞いたら今度はガックリか、だから黙っていよう。とにかくK子一家はみんなどこかヘンなんだよ。

次の面会日、甘えておいで～とかいう職員たちの声に送り出され、両手で顔を覆って出てくる、テレているのか？ 違う、目をゴシゴシこすっている、泣いているのか！ そういえば高等部のころに、暴力や破壊行為が重なって緊急的に精神病院を利用した時のこと、数時間の外出が許されておやつなどを買って戻るバスの中で、急に目をシバシバさせてつぶやく「おウチに帰れないのが悲しいの」。幼児みたいな言い方が切なすぎる……でも実際のMの幼児期は子ザルのようにキーキー叫ぶだけだった、こんな人間らしい泣き方するようになったのか、妙なところでハッと成長に気が付かされた、ちょっと複雑な思いの忘れられないワンシーンだった。

あれから数年を経てまた同じような場面が繰り返された。Mが今この地で暮らすしかないのは、親による人災、二次障害の結果としか言いようがない。普通の物事を普通に理解しにくい障害特性をなんでもっとよく判って対応してやれなかったのか。親としては遠方まで月1回は面会に行くことで責任を果たしているつもりでも、Mにとっては満足とは程遠い毎日を延々と繰り返すだけ、1日タップリ付き合ってあげたぐらいでは、家に帰れない寂しさ悲しさは決して癒えることなどないのだ。万策尽きたなんていって入所させたのは親の勝手だ、逃げただけだよね。面会の後は鉛の心でM不在が当たり前の我が家の鍵を開ける、さりげなく日常に戻る、戻ったフリをするK子。

電話は制限内目いっぱいかけてくる。月日が経つうちに気が付けばどんどん互いの距離感が縮んでくる、不在感もいつの間にか薄れてくる。でも不存在感は相変わらずだ、脳内行方不明のまま迷宮度が複雑になってゆく。

「税金を払わないで済む法律を作るためにお母さん選挙に立候補して」、？　モシモシも何もない、声ですぐMと判るが、いきなりだ。何年も前に〝お願いしま～す！〟と駅前で連呼する人々に遭遇した時に、あれはなに？　と聞かれたので、選挙のことをかいつまんで説明したことがある。そんなこと覚えているのか、でも突然言われたってなぁ、理解度もテキトーだしなぁ、何をどう説明すればいいのか。いつもそうだが、ごく普通のことを言っても、それが気にくわなければ、自分が有利になる答えが得られるまで無理難題を突き付けてくる、常識もヘチマもあったもんじゃない、あげくに「お母さんがちゃんと答えないからテレカの度数がすごく減っちゃった、悔しい」って何だよ。

今までにも、断片的知識を自分の都合のいいように解釈して話を組み立てるのはよくあったが、特に今は暇だし、新たな情報も刺激もない中、過去の記憶が行方不明の脳内を駆け巡っている、特に思う通りにならなかった悔しさがそこにからみあうとやっかいだ。「ボクがハタチのころお母さんが××と言って注意したり止めたりしたのが悔しい」「何年何月何日のあの時××してくれなかったから不幸になった」云々。親としてごく常識的な対応をしたつもりでも、Mは別の国の住人だからそんなの通用しない、何かにつけてトラウマにとらわれて恨む、仕返しだ、腹いせだと執拗にK子を追い詰める。

「あんまりひどいこと言うと死にたくなっちゃう」、ある時、ついに言ってしまった。「お願い、死なないで、生きててください、ボクもいい子にするから！」、って何だ今の切なそうなセリフは！　こんなの聞いたことない、相変わらず幼児と大人のミックスだ、ちょっと可笑しい、でもなんだかホワッと嬉しい。

数日後、K子が午前中から外出していたせいか、夜になって電話がかかってきた。「昼間電話に出なかったから自殺したかと心配した、お母さんが自殺したら悲しい」、ホロッとさせるなぁ、続いて「話は別だけど」ときた、クヮハッハ！　今度は笑える。Mらしくもない普通の大人びた言葉遣いだ、すごく遅ればせだけど、アンタすごいぞ！「次の面会で宝クジを好きな番号が見つかるまで選ばせて」、ドキッ、嬉しさは長続きしない。好きな番号が入っているか知りたくて、お金を払う前にクジの束を小窓から掴もうとしたり、宝クジがらみではいろいろあったのだ。「いつまでメチャクチャな買い方するつもり？」「メチャクチャなことなの？」また真顔だ、迷子ってなに？　メイワクってなに？　と同じだ。ともかく売場の迷惑について説明、「もうああいう悪いことはしなくなったもん」、へぇ〜、またもや新鮮なセリフだ。でもまだ総じて善悪混然状態だから油断できない、ともかくどこがどう悪いのか、ちゃんと判ってくださいよねと願うしかない。

数年経ってあることをきっかけに入所施設から精神病院に移った。入院している患者さんたちはそれまで普通の生活をしてきているので、良くも悪くもMが受ける刺激は社会の延長という感じだ。「殴られた、おやつを盗まれた」、可哀そうに、そんな目に遭っているのか……「だから殺してやりたい」ちょ、ちょっと待ってくれ、アップダウンが激しすぎてK子の脳が追い付かない。でも時には同じ釜の飯を食う、他人の飯で育つ、その良い面が感じられることもある。「ここの人はみんな性格悪い」、アハハ、アッハッハ‼　自分はどうなんだ、K子はそう言いたいのをぐっとこらえて脳内で爆笑する。言い方があまりにもフツーの人っぽい、周囲の人に目を向けているのも成長か、内容はともかくちょっと感動する。

日頃の生活への不満、職員への批判、親への恨み、そんな電話は辛いが、「今度の面会の時ズボン買う、それと上等な冬の服」、あっ、いま〝上等な〟って言ったよ！　初めて聞くビックリな表現だ、K子の心は躍る。「この前みんなで集団外出した時にいい服を1つ買った、前のところに文字が書いてあるカッコいいヤツ」、おおおっ、カッコいいだと！これも驚きだ。今まで着心地がいいか悪いかだけにこだわっていたのに、そんな感覚いつの間に、あ、これはデザイナー夫の遺伝の遅ればせな芽生えだな、きっと。

ズボンについてはこだわる条件がいろいろあってなかなか選べない。万引きを疑われるんじゃないかと気になるほどいつも長いこと売場をウロつく、K子はつい口出しする、「オレが選ぶ！」、あっ、出ました自己主張、ハハはうるさいんだった。あっ、そういえばいまオレって言ったよ、これもいつの間に、という驚きだ！　時々方言も出たりする。親子だけでは身につかないもろもろの発見が増えていくのも、嬉しいようなこそばゆいようなだ。

なんとかズボンを選んで、やれやれ帰るか、すると「同棟の○○さんと△△さんにお土産買ってこいと言われた」、ん？　脅かされてる？　「いつもお菓子をもらったりしてお世話になってるから、お返ししなきゃいけない、何がいいかなぁ」、うっひょ～っ！　ほんとにMがしゃべってるのか、青天のヘキレキと言いたいぐらいのセリフだ、ほんとにいつの間にこんな人間らしい心が育ったのか。普通の人にとってはそんなの当たり前、でも、K子はそんな些細なことでも泣きそうになる。明らかに集団の中で揉まれて成長している、させてもらっている！　とはいっても、足取りは決して単純ではない。一進一退、一喜一憂、一触即発、驚天動地、○×△□、四字熟語だらけの人生は基本的には変わらないまま月日は流れた。

Mの「生まれ変わる！」宣言

いろいろあって何年か経って、ついにMは他人の釜の飯を卒業して家に帰ってきた、長い不在は一応終わった。自分で選ぶメシに飢えていたから、時間だとか栄養バランスなんかまるでお構いなし、早朝から出かけたと思ったら朝マック、コンビニでおにぎりを立ち食い、自販機で飲物をラッパ飲み、歯止めが利かない。黙って立っていればカッコよかった元アイドルが、あっという間にウエスト80センチ超のオジサンだ。健康が心配でつい注意してもまるで無視、「今までの分を取り戻す」、そうか親はうるさいんだった。

食べることだけではない、何かにつけて取り戻す発言、だけじゃない、「ボクだって幸せになる権利がある」、うっ、またまたそんな物言い、どこで覚えたのか。成長は嬉しいけど一方的で怖い面もある、常識や社会のルールが判っていない、判ろうともしない。そんな時K子は常識云々でMを説得にかかる。ん？　待てよ、そういう自分はどうなんだ、何かと常識に対してハテナ？　と疑うのに、息子にはエラソーに言うのか？　でもまた、待てよ、だ。自分は常識を知ったうえでのハテナだ、知らないMにはまず教えないといけない、だからやっぱりこれでいいのだ。どっちにしてもロクに人の話を聞いてないMの不存在に変わりはないし。

時々世間を騒がせる怪奇な事件が起きる。普通の人には犯人の動機がまったく判らない。そんな時、テレビなどでコメンテーターと呼ばれる人たちがよく口にするのが〝心の闇〟とか〝現代社会のひずみ〟だ。家庭や学校での不適切な対応や、辛い経験によって心に傷を負ったことなどが事件の背景にあると語られる。K子は聞いていてつい首を横に振る、違う、そんなんじゃない、もろもろのコメントがどこかもどかしい。それらがまったく関係ないとは言わないが、でも同じような経験をした人がみんな同じような事件を起こすわけじゃない。

彼らも多分Mと同じように、外見はまったく普通だし、普通に生活しているように見える、でも生まれた時から普通の人とは違う世界を生きているのだ、きっと。脳内行方不明、特異脳質（特異体質に倣ったK子の造語）、不快や不満の感じ方が違う、強弱というより別物なのだ、だから普通の物差しで闇を探っても答えは得られない……等々K子は思うのだが、そんな自己流の見解は脳内に閉じ込める、しょせんシロートだから。

同時にK子は、Mに犯人との類似点をみて密かに震撼する。普通の人々が被害者側に立って加害者や親を非難罵倒する時、我が家ではまさに加害者の立場を突き付けられているようで怯え、身震いするのだ。だから井戸端会議のような場ですら何も言えない、そういう現実がK子には限りなく情けなく、悲しい。

そうこうしているうちに30代になったある時、いきなり聞いてきた、「ボクは生まれ変われるの？」、相変わらず唐突だ。子供が命の不思議を問うようなよくある質問か？ 遅きながらこの人にもそんな時期が訪れたのか？ どうも真意が判らなくてK子は戸惑う。人は一度死んだら生まれ変われないとかなんとか、ありきたりのことしか言えなくてその場をしのいだのだが。

そういえば小学校に入学して間もないころ、クラスの子の名前をすぐに覚えたので、Mが人に興味を持つようになったようでK子は嬉しかった。担任の先生からも、「人間関係が広がるといいですね」などと言われて期待もした。

ある時いきなり聞いてきた、「ボクはセキヒロヒサムロになることできるの？」えっ？ K子もクラスの子の名前を覚えたのだが思い当たらない。「誰それ、クラスの子じゃないし、どこで覚えたの？」「自分で思いついたの」「自分でってナニそれ、どーやってさ」「なんとなく思いついてコレに決めたの」「えっ、なんとなくで決めたの？」「うん、いい名前なの！」、K子は混乱の極みだ、このワケ判らなさに対してどういう感情を持てばいいのか……う〜ん、セキヒロヒサムロねえ、繰り返しているうちにナゼか急にアハ、アハハハ‼

吹き出してしまった。「アンタって時々ホントにおもしろい子ねえ！」すっかり上機嫌だ。Mもあの片方の口角上げてニンマリヘラヘラ、部屋を行ったり来たりしながらセキヒロヒサムロ、セキヒロヒサムロ、親子で相当おかしいぞ！

でも、いい大人になってから唐突に「生まれ変われるの？」なんて聞くのかい。K子は小学校入学当時のこの忘れられないエピソードを話してみた。「アンタはクラスの子の名前を覚えるの早かったよね」「覚えるのが面白かっただけ」、セキヒロヒサムロについては「音を組み合わせていろいろな名前を考えてみただけ」、実にそっけない。人に興味を持つと思ったのはK子の勘違い、音への興味だけだったのだ、まあそんなもんだMという人は。

そんなやり取りを重ねた数日後、突然自分のアルバムを何冊もドサドサッとゴミ置き場に捨てた。あいにくその日はペットボトルの収集日だったので家の中に引き上げるしかなかったのだが、「今度アルバムを捨てられる日はいつなの？」本気だな、「人生やり直す、もっといいお父さんお母さんのところに生まれ変わる！」、悪魔の顔で言う。生まれ変われるか聞いてきたのはそんな理由だったのか、そこまで親を恨み、憎んでいるのか、無理もない、この子にとっての幸せなんて何も与えてやれなかった親だ。

Mは中学で不登校になったころから1日中電車であちこち乗り回すようになり、K子もずっと言われるままに付き合ってきた。大人になってからはスイカ（Suica）などを何枚も持って1人で行くようになり、K子は正直ほっとしたのだった。そのうちその頻度が減ってきた。「きょうは行かないの？」「行かない、電車に1人で乗っていても泣くんだよ」……すぐにはその心が読めなくてK子は混乱する、なんだか胸を衝かれて泣きそうになる、「街や電車の中で男の人と女の人がベタベタ仲良くしている、ボクもそうしたい、なんでダメなの？」。そうだったのか！　周囲がまるで目に入っていないと思い込んでいたが、遅まきながらそんなところを見てそんなことを思っていたのか、泣きそうどころではない、親として致命的な欠陥にまたも恐れおののく。思春期のストーカー騒動の時から何年も経っているのに何も判ってやれていない、電車を乗り回して食べたいものを食べて楽しんできていると安直に思っていたダメ親だ。

そうやっていつもMから何か突き付けられては驚くだけ、何も策を打てていない。でも男女がベタベタするには相手の心を読むとか察するとか、それなりのプロセスが必要なのよ、アンタにはもっとも難しい作業だよね、どう伝えればいいのか。

これまで年齢にふさわしいもろもろのこと、友情や恋や働いて稼ぐ喜びなども、障害特性からくる難しさもあってどこか無理だと決めつけていた。でも人並みとはいかないまでも、Mなりの充実感を持てるようにしてやることはもっとできたのではないか。何も幸せを感じられない人生だもの、生まれ変わりたい、違う親に生まれてきたいと思うのももっともだよね、人としてまともな心の働きだ。かつてこの子に賭けるのが第二の人生と決めたK子だが、いまは無力感しかない。

そういえば思春期で荒れ始めたころ、K子の引き出しから書類やらアクセサリーやら引っ張り出して破いたり壊したりして捨てていた。ある時何かの紙をハサミで執拗に切り刻んで自分の部屋のゴミ箱に落とし入れている。さりげなく近づいて見てみると、なんと自分の母子手帳だ。それが何なのかも知らず、母への反抗のつもりが自分の大切な記録を破壊している、あぐらをかいて集中している姿はあまりにも哀れでショックで直視できなかった。飽きてきてどこかに出かけたスキに急いで小さな袋にかき集めて別の場所に隠した。ゴミ箱のそばには一緒に泊まりで旅行し始めたころの写真が数枚、これも切り刻むつもりなのか、まだあどけなさの残る少年の姿に胸が詰まって涙が溢れる。あぁ、こんな希望に満ちた穏やかな日々もあったのに。

思えばあれも、生まれ変わりたくてそれまでの自分を抹殺する行為だったのか。そんなはずはない、母子手帳のことなど知るはずはない。でも自分の名前など断片的な文字から本能的に何かを感じ取ったのか、そのころすでに生まれたことを否定されていると思っていたのか……そんなのアンタの勘ぐりすぎだよ、夫は即断だ。

当時のMの会話はいわゆる要求語がほとんどで、K子はMには何かを感じる心がないのではと思うほどだったが、今では聞かれなくても自分から思いを伝えるようになった。K子も怒りたくなる時には極力自分をクールダウンさせ、抽象的な言葉の理解ができないMの特徴を踏まえ、伝え方もかなり工夫するようにはなった。「そうか、そーゆーことか！」、コロッと納得してくれる場面も遅ればせながら出るようになった。そうやって少しずつ成長してついに〝人生をやり直す〟まで到達したのか。障害者は短命と言われたのは昔のこと、今は親子とも長生きする時代だ、これからまだまだ続きそうな年月を、どうやって生きていけばいいのか。多分これまで通りやっかいな四字熟語人生が、ずっしりと重い人生が、続くんだろうな、きっと。

行方不明は終わらない

Mが不在の年月はある時期で終わったが、相変わらず脳内行方不明のままさまよっている。〝生まれ変わる宣言〟の後も根本的には何も変わらない生活が続いている。通所の施設へ通ってヤレヤレと思っても、作業の繰り返しに飽きてきたり嫌なことがあったりすると、他人の見る目とか周囲への思惑とかまったくどうでもいいタイプだから平然とやめてしまう。K子のイクサの終わりも不明だ。また千夜一夜どころではないあれやこれやがあって、月日はスーパーハイパー光陰となって過ぎていく。

賭けに出ようと引っ越してきたこの街での暮らしも、気が付けば40年以上が過ぎていた。あちこちすっかり見慣れた箇所にも一家の歴史が刻まれている、ふとした時に記憶が脳内から引き出されることがある。Mが屋上のフェンスの上を歩いたあのビルは今でも変わらずそこに建っている、なんだ、あの時感じたほど高くそびえてはいない。〝宇宙人〟になった小学校も、通えなくなった中学校も、ともに改装されて外観は多少変わったがずっとそこにある。小学生の時、1日2度の遠足で登った、K子は登らされた、うっそうとした小山も、今見ればちょっとした崖地程度のありふれた景色だ。何度か呼び出された交番も警察署も、人は変わったけど今でも秘かに頼れる存在だ。

波乱万丈で生きてきた同じ街に、K子は平然とフッツーに根を張ってフッツーの顔して暮らしている。不思議だな、あれもこれも仮の人生？　なわけない、あれはあれでK子一家にとってのフッツーの日常だった、それが今も延々と続いているだけなのだな。

歳を重ねたK子は、バスの中や病院の待合室などで幼児と若いママのほほえましいやり取りを見ていて、不意に泣きそうになることがある。すごく幸せ感に溢れている、あんな場面は我が家にはなかったな。羨むのではなく、ずっとこの親子に幸せが続きますようにと祈りたくなるのだ、関係ない人間の余計なお世話だけどね。こんな心境になるとは、K子は自分でもすごく驚いている。感覚がマヒしてきたのか、年齢からくる諦観か、修羅場をくぐってきたからこその到達点なのか、フッツーかフッツーじゃないかなど、あまりこだわらなくなってきた。同時に、昨今は障害者に限らず、社会全体が生きづらくなっているのを感じるせいもあるのかな。

障害者福祉はMが生まれ育ったころから格段に進んだ面はある。かつては入所施設に入るのも措置と称して〝この者をこの施設へ措置おく〟という決定がお上から下されるという仕組みだった。いまは様々な制度を利用するのは〝当事者がサービスを選んで契約する〟となった。Mが子供のころにはなかったグループホームも、良し悪しは別として次々と建てられている。でもいまだにK子よりずっと若い親たちから、自閉症への理解がなくて謝ってばかりいる、肩身が狭い思いをしている、という声を聴く。制度の充実ほどには社会の風潮がついてきていないということか。歳をとるにつれ、社会の無理解という巨大な迷宮に抗う気力が失せてきたK子だが、改めて突き刺さる現実だ。

Mの小学校入学時、K子は普通児こそ障害のある人の存在を知ってほしい、覚えていてほしいと願って普通校に入れた。あれから何十年も経ったいま、外圧ではあるがインクルーシブ教育ということが言われるようにはなった。でも実態はこれまで通り、健常児と障害児はきっちり分離・区別される、その上で時々ふれあう、って動物とふれあいましょうみたいで何だかなぁ、差別が助長されるだけじゃないのかなぁ……幼い時からみんな一緒に育つのが当たり前、なんて永遠に理想論なのだろうか。

でも大人になってから急に障害を理解しよう、共に生きよう、ってそれは無理ではないのか。特に知的障害というのは脳内に起因する障害だ、だから車イスや視聴覚障害と違って他人には体験することができない、親でさえも無理だ。認知症じゃない人が認知症を体験できないのと同じだ。とはいっても、幸い人間には想像力というものがある、それが自分と違う人を理解する助けになる。想像力は単なる知識からではなく、そのような人と接しているほど増していくものだ。これから認知症の人も増えていく、だからこそ〝幼少期からみんな一緒〟がいいのだ！　でもそれはいつまでも幻想、ハミダシ者、ヒネクレ者のゴマメの歯ぎしり、なのかな……。

Mは、自分を呼ぶのは「アンタ」から始まって「Mクン」、それが「ボク」になった、今では時々「オレ」もでてくる、こんなのK子は教えていない。もう小さい時みたいにK子が一人二役しなくても、Mが年相応に自分の力で身につけていった成長の足跡が山ほどある。でもMにふさわしい人生設計も居場所もみつかっていない、幸せな第二の人生を歩めている気配はまるでない。中学生で取得した障害者手帳の〝判定不能〟は、まさにその後のMを言い当てているようで、切ない。

K子にとってはたとえ遅ればせでも、だからこそか、Mのちょっとした変化や成長がすごく嬉しい、結構面白いところもあってワハハと笑える時もある。でもMの脳内に入ろうとすれば今でも迷子だ。だからまだ救出作戦は終わっていない、本当にゴメンナサイこんな親で。でもMには不思議の国で好き勝手に行方不明でいる方が居心地いいのか、そうだハハはうるさいのだ、救出なんて余計なお世話だよね。

夫はどうか、デザイナーの目でMの脳内を分析はしたが、言うだけ言って配線の修復まではしていない、メカ屋じゃないからムリもない。Mがいうように、しっかり働いてくれていればそれでいいか。

あの時、自閉症を確信したあの時、K子はこれからは真の喜びが消えた人生になると覚悟した、一方夫は、親子で死ぬしかないなと言った。それが正解だったのかもしれない。でもそんな勇気もなかったK子は、とにかく第二の人生をMに賭けると自分に言いきかせ、死ぬことを遠ざけてきた。それでず〜〜っと何十年も、薄氷を踏むような、タイトロープを渡るような、何だかんだと非常事態宣言が日常と化した日々をしぶとく送ってきてしまったのだ。本当に親子心中しなくてよかったのか……。

幼児療育相談室で初めて出会った障害児のお母さんたち、みんなまだ若くて未来に夢を抱いた新米ママだった。それから母子短で盛り上がった元気のいいお母さんたち、それぞれ我が子のプロとして頑張っていた。K子にとっては毎日が必死だったあのころも、今となってはほんわかとした懐かしい思い出だ。皆さん今ごろどうしていらっしゃるだろうか、心中なんて無縁の、親子でそれなりに実りある年月を積み重ねてこられただろうな、きっと。自分もあれこれ丸めてみれば、生きていてよかった、そう思いたいK子だった。

もうMの物語も最終総括だ、「記録と記憶の玉手箱」にも蓋をしよう。

天使に生まれ、のちまぼろしのアイドル、のち中年のボス男と化した『行方不明のボク』、そして、根マジメゆえにハテナ心の多いヒネクレ者、ハミダシ者、そのくせすぐ泣きそうになるK子、そしてそして、アラヨッと駆け出しながら名言迷言をバシッと投げてくる夫——K子は人生の締め時を目前につくづく思う、「ウチは家族3人どこか配線がまともでないまま、行方不明関係でつながって生き延びてきてしまった、いまさらどう頑張ってもメデタシメデタシなんて、それこそまぼろしだ、でももうみんないいかげん歳とってきた、疲れてきた、だからウチはもうこれでいいのだ、なのよね、きっと⁈」

そういえば、K子が秘かに啓示を与えられた沢木耕太郎さんのコラム『ミッシング〈行方不明〉』、あそこに書かれた年老いた父親は、その後愛する息子を捜せたのだろうか、再会を果たして不在状態は終わったのだろうか。Mの〝存在しているけど不存在〟に終わりはないけれど。

—終わり—

行方不明のボク

2024年10月15日　初版第１刷発行

著　者　千田 かよ子
発行者　瓜谷 綱延
発行所　株式会社文芸社
〒160-0022　東京都新宿区新宿１－10－１
電話　03-5369-3060（代表）
03-5369-2299（販売）

印刷所　TOPPANクロレ株式会社

ISBN978-4-286-25656-6　JASRAC 出 2404674 － 401